Friedrich Karl Knauer

Die alte Grenzscheide zwischen Thier- und Pflanzenwelt und deren Umsturz durch die moderne Naturwissenschaft: eine anatomisch-physiologische Abhandlung

Antigonos

Friedrich Karl Knauer

Die alte Grenzscheide zwischen Thier- und Pflanzenwelt und deren Umsturz durch die moderne Naturwissenschaft: eine anatomisch-physiologische Abhandlung

Unveränderter Nachdruck der Originalausgabe von 1876.

1. Auflage 2024 | ISBN: 978-3-38643-576-5

Antigonos Verlag ist ein Imprint der Outlook Verlagsgesellschaft mbH.

Verlag: Outlook Verlag GmbH, Zeilweg 44, 60439 Frankfurt, Deutschland
Vertretungsberechtigt: E. Roepke, Zeilweg 44, 60439 Frankfurt, Deutschland
Druck: Libri Plureos GmbH, Friedensallee 273, 22763 Hamburg, Deutschland

DIE ALTE GRENZSCHEIDE

ZWISCHEN

THIER- UND PFLANZENWELT

UND DEREN

UMSTURZ DURCH DIE MODERNE NATURWISSENSCHAFT.

EINE ANATOMISCH-PHYSIOLOGISCHE ABHANDLUNG

VON

DR. FRIEDRICH KARL KNAUER.

WIEN 1876.

ALFRED HÖLDER, K. K. UNIVERSITÄTS-BUCHHÄNDLER,

ROTHENTHURMSTRASSE 15.

Vorwort.

———

Schon seit geraumer Zeit vermochten wir auf dem
Wege genauer chemischer Analysen und sorgfältiger
Vergleichung nachzuweisen, dass zwischen den soge-
nannten „organischen" und „unorganischen" Verbindungen kein durchgreifender Unterschied bestehe, durch
den wir berechtigt wären, die chemischen Verbindungen in genannte zwei Gruppen zu scheiden; und
doch spricht man heute noch von einer „organischen"
und „unorganischen" Chemie. — Wenige Naturhistoriker werden jetzt noch an eine thatsächliche, scharfe
Grenze zwischen Thieren und Pflanzen glauben und
auch nur ein allgemeingiltiges Kriterium thierischer
und pflanzlicher Natur zu nennen im Stande sein; und
doch liest man in verbreiteten Lehrbüchern allerjüngsten
Datums Definitionen der Begriffe: „Thier", „Pflanze",
„Zoologie" etc. *), die uns glauben machen könnten,
es sei zur Stunde noch Linné's Anschauung von dem

*) Z. B.: „Pflanzen sind wachsende und sich vermehrende, bestimmt
ausgestattete Naturwesen, welche sich von den Thieren durch den
Mangel der willkürlichen Bewegung und der Sinnesempfindung unterscheiden" oder „Zoologie ist die Naturgeschichte derjenigen Wesen,
welche wie die Pflanzen der Ernährung und Fortpflanzung fähig sind,
ausserdem aber noch mit Empfindung und willkürlicher Bewegung begabt erscheinen, d. h. also die Naturgeschichte des Menschen und der
Thiere" u. dgl. m.

Verhältnisse zwischen Thier- und Pflanzenreich die herrschende. Folgt einer solchen unrichtigen — weil nicht für alle Pflanzen oder für alle Thiere giltigen — Definition hinterdrein die Erklärung, dass sie sich auf gewisse höchst einfache Organismen nicht anwenden lasse, so mag dies noch hingehen, obschon es vom wissenschaftlichen Standpuncte gerade nicht gebilligt werden und zumal in Lehrbüchern nicht zweckdienlich sein kann, etwas in Form einer Definition als wahr hinzustellen, um es bald darauf als theilweise unrichtig zu erklären. Es zeigt sich eben die Macht der Gewohnheit und die Vorliebe für das Althergebrachte auch in der Wissenschaft sehr stark und es scheint fast, als wäre dieser Abbruch der Grenzmauer zwischen Thier- und Pflanzenreich — wie so mancher andere kühne Schritt in der Naturwissenschaft (vide Darwin, Haeckel) — zu rasch erfolgt, als dass diese Vorstellung von dem engen Zusammenhange zwischen Thier- und Pflanzenwelt hätte tiefer Wurzel greifen können. Keinesfalls wird geläugnet werden können, dass es erst nach wiederholter Anregung und Aufklärung gelingen wird, der richtigen Auffassung von dem zwischen den beiden Organismenwelten bestehenden Verhältnisse auch weitere Kreise zugänglich zu machen. Dieser Gedanke leitete mich, als ich, angegangen im hierortigen Lehrervereine einen Vortrag zu halten, das vorgenannte Thema wählte, und aus dem gleichen Grunde schien mir eine schriftliche Bearbeitung desselben zum Zwecke der Drucklegung nicht ohne Werth.

Hernals (bei Wien), im Jänner 1876.

Friedr. Knauer.

Die alte Grenzscheide

zwischen

Thier- und Pflanzenwelt

und deren

Umsturz durch die moderne Naturwissenschaft.

„Je tiefer man in der Reihe der organischen Bildungen hinabsteigt, desto mehr
entkleiden sich die einzelnen Thiere und Pflanzen ihrer auszeichnenden äusseren und
inneren Charaktere, bis sich endlich an der Schwelle beider Reiche eine vollständige for-
melle Uebereinstimmnng kundthut. Hier sehen wir die kleinsten und einfachsten Geschöpfe,
Thiere und Pflanzen, die von einem begrenzten Häuflein organischer Substanz gebildet
sind und aller weiteren Auszeichnungen entbehren, so dass wir weder nach der Besonderkeit
des Baues, noch nach der Form über die Natur der betreffenden Geschöpfe entscheiden
können."

R. Leuckart: „Ueber einige Verschiedenheiten der Thiere
und Pflanzen." 1851.

„Eine feste und absolute Grenze zwischen Thieren und Pflanzen existirt nicht und
nur in dem Sinne stellen wir beide Reiche einander gegenüber, als sich in ihnen die all-
mälige und anfsteigende Entwicklung verschiedener Organisationspläne offenbart, welche
sich von dem gleichen, gemeinsamen Ausgangspuncte durch mannigfach in einander über-
greifeude Zwischenglieder hindurch zu einer höheren und reineren Verwirklichung der Idee
erheben."

C. Claus: „Ueber die Grenze des thierischen und pflanz-
lichen Lebens." 1863.

„So lange man in beiden Reichen nur die differenzirten Zustände im Auge hatte,
war es leicht, für die Begriffe Thier und Pflanze bestimmte Charakteristica zu finden,
und so beide Reiche von einander getrennt zu halten. Je mehr die fortschreitende Erkenntniss auf niedere Organismen, deren Bau und Lebenserscheinungen aufhellend, sich
ausdehnte, desto mehr mussten die vorher aufgeführten Schranken geändert werden, bis sie
endlich gänzlich fielen. Man musste anerkennen, dass die früher und zwar immer subtiler
aufgestellten Unterschiede keine durchgreifenden waren, dass Eigenthümlichkeiten, die
vordem in einem der beiden Reiche beobachtet waren, in dem andern keineswegs fehlten,
ja sogar bei ganz entschiedenen Angehörigen dieses Reiches in deutlicher Ausprägung
vorkamen."

C. Gegenbaur: „Grundzüge der vergleichenden Ana-
tomie." 1870.

„Die starke Entwicklung pflanzlicher Charaktere schliesst die thierischen mehr und
mehr aus und die Vervollkommnnng der thierischen die pflanzlichen, aber nirgends gibt
eine bestimmte Qualität oder Function eine unbedingte allgemeine Handhabe zur Unterscheidung. Die Verbindung und Vertheilung der Eigenschaften ist sehr ungleich in den
verschiedenen Phasen des Lebens und den verschiedenen Theilen desselben Individnums.
Auf den kritischen Gebieten muss nach einem Mehr und Weniger aus dem Gesammtbild
der Lebensvorgänge entschieden werden, ob man den einzelnen Organismus nach dem
Complexe seiner Eigenschaften dem Begriffe Thier oder Pflanze einordnen, d. h. ob man
den Begriff so bilden will, dass er jenen Specialfall zu umgreifen geeignet ist."

H. A. Pagenstecher: „Allgemeine Zoologie." 1875.

Sehr alt ist die Grenzscheide zwischen Thier- und Pflanzenwelt, wol so alt wie das Menschengeschlecht selbst. Musste
sich doch dem ersten Menschen schon, dem die Organismenwelt nur in ihren vollkommneren Formen auffiel, der grelle
Gegensatz zwischen Thier und Pflanze aufdrängen; nur der
äusseren Unterschiede, nicht der vielen verborgenen Analogien
zwischen beiden Reichen ward er bewusst. Und diese Vorstellung von einer unausfüllbaren Kluft zwischen Thier- und
Pflanzenreich wurzelte fester und fester und lebte ungeachtet
mancher im Laufe der Zeit dagegen laut gewordener Be-
denken bis in die neueste Zeit fort, mit dem Unterschiede
nur, dass man mit scharfsinnigen Argumenten den Wahrheits-
beweis zu erbringen suchte für etwas, was bisher als so ganz
selbstverständlich geglaubt und festgehalten worden war.
Unserem an geistigen Errungenschaften mannigfachster Art so
reichen Jahrhundert erst war es vorbehalten diesen Glauben
an die scharfe Abgrenzung der Thier- und Pflanzenwelt
vollends zu erschüttern; die Naturwissenschaft, die oft über
Nacht mit einer überraschenden Entdeckung hervortritt und
lang Geglaubtes als Irrthum hinstellt, hat auch diesen alt-
ehrwürdigen Glaubenssatz umgestossen. Nicht etwa, dass es
nicht mehr möglich sein oder besonderer naturhistorischer
Kenntnisse bedürfen sollte, hochentwickelte Thier- und Pflanzenorganismen von einander zu trennen, in Wald und Garten
die lauten Sänger, buntfarbigen Schmetterlinge, summenden
Bienen von all den Bäumen, Gräsern und Blumen zu unterscheiden. Aber greift man in der Stufenleiter thierischer und
pflanzlicher Organisation weiter hinab bis zu den niederst
organisirten, mikroskopisch kleinen Organismen und hält diese

1

unvollkommen entwickelten organischen Gebilde einfachsten
Wesens einander vergleichend gegenüber, so wird man sehen,
welche Mühe es oft kostet, von diesem oder jenem Geschöpfe
zu sagen, ob es thierischer oder pflanzlicher Natur; dann wird
es uns verständlich, wie es gekommen, dass zeitweise eine
Dreitheilung der Organismen in ein Pflanzen-, ein Thier- und
ein Zwischenreich Fürsprecher fand *); wie in naturhistorischen

---

*) Aristoteles schon stellt zwischen Thiere und Pflanzen
eine Reihe von Organismen, die gewisse Merkmale mit den Thieren,
andere mit den Pflanzen gemeinschaftlich haben. So heisst es in seiner
Schrift: περὶ ζῴων μορίων (über die Theile der Thiere) Lib. IV, Cap. 5
— τὰ δὲ τήθυα μικρὸν τῶν φυτῶν διαφέρει τὴν φύσιν, ὅμως δὲ ζωτικώτερα
τῶν σπόγγων· οὗτοι γὰρ πάμπαν ἔχουσι φυτοῦ δύναμιν. (Die Tethyen
[Ascidien, Seescheiden] aber unterscheiden sich hinsichtlich ihrer
Natur wenig von der Pflanze, sind aber doch thierähnlicher als die
Schwämme, denn diese besitzen ganz das Wesen der Pflanze) Ebenso
zählt A. die Holothurien und Seelungen zu diesen pflanzenähnlichen
Thieren. — Dass A. in der That an ein Zwischenreich zwischen Pflanzen
und Thieren dachte und zur nachherigen Bezeichnung der „Zoophyten"
den Anstoss gab, dürfte wol aus folgenden Stellen obigen Werkes
(Lib. IV, Cap. 5) erhellen — ἔστι δ' ὅτε καὶ τὰ τήθυα καὶ εἴ τι τοιοῦτον
ἕτερον γένος τῷ μὲν προσπεφυκὸς ζῆν μόνον φυτῷ παραπλήσιον, τῷ
δ' ἔχειν τι σαρκῶδες δόξειεν ἂν ἔχειν τιν' αἴσθησιν ἄδηλον δὲ τοῦτο ποτέρως
θετέον. (Zuweilen aber erscheinen auch die Tethyen und andere ähnliche Gattungen, indem sie nur festgewachsne leben, einer Pflanze
ähnlich, scheinen aber, da sie etwas Fleischiges besitzen, eine Art
Empfindung zu haben.) und — ἃς δὲ καλοῦσιν οἱ μὲν κνίδας οἱ
δ' ἀκαλήφας, ἔστι μὲν οὐκ ὀστρακόδερμα, ἀλλ' ἔξω πίπτει τῶν διῃρη-
μένων γενῶν ἐπαμφοτερίζει δὲ τοῦτο καὶ φυτῷ καὶ ζώῳ τὴν φύσιν.
(Was aber die Einen Knides, die Anderen Akalephen [Actinien, See-
anemonen] nennen ist kein Schaalthier, sondern steht ausserhalb der
genau bestimmten Gattungen und schwankt hinsichtlich seiner Natur
zwischen Pflanze und Thier.) — Auch Plinius spricht von Thieren,
Pflanzen und von solchen, quae neque animalium, neque fruticum, sed
tertiam quandam ex utroque naturam habent; obschon nicht zu läugnen,
dass er diese ζῳόφυτα doch mehr als Thiere charakterisirt findet. —
Die Zoologen der Renaissance: Belon, Wotton, Rondelet, Ges-
ner, Aldrovandi sehen in den „Zoophyten" ein Zwischenreich zwischen Thier- und Pflanzenwelt, wenn sie auch trotz der Pflanzenähn-
lichkeit dieser Organismen deren Thiernatur durchaus nicht verwerfen;
betreffend die Organismen, die diesen „Zoophyten" beizuzählen seien,
stimmen sie nicht vollends überein. In der ersten Hälfte des 18. Jahrhunderts bringt Klein die bisherigen „Zoophyten" als „Anomala",
„quibus animalis charakter vix an ne vix quidem assignari potest"
zwischen Thier- und Pflanzenreich. — Linné nimmt zwar Thier- und
Pflanzenreich als zwei scharf geschiedene Gebiete an, sein Zeitgenosse
Pallas aber sagt in seinem „Elenchus zoophytorum": „In zoophytis
vegetabilis natura cum animali ita miscetur, ut vere anceps et dubia
passim sit" und an anderer Stelle: „Animalis natura cum vegetabili
indole et habitu conjuncta est in zoophytis". (Man lese R. Leuckart:

Werken gewisse Organismengruppen bald den Thieren, dann wieder den Pflanzen zugesellt erscheinen konnten, um schliesslich doch wieder in's Thierreich zurückzuwandern — und umgekehrt *); wie die grössten Gelehrten bezüglich der Thier- oder Pflanzennatur eines Individuums im Unklaren und mit einander im Streite sein konnten. **)

Die Zoophyten. Ein Beitrag zur Geschichte der Zoologie. Troschel's Archiv für Naturgeschichte. 41. Jahrg. 1. Heft.) — In neuester Zeit wird u. A. von Hogg (New. Edinb. ph. Journ. 1860. T. 20. p. 216) ein Zwischenreich der Protoctisten, denen er die Protozoen, Protophyten und Poriferen zutheilt, eingeführt. — Ebenso findet Gustav Jäger (Zoologische Briefe. Wien 1864) ein Zwischenreich der „Urwesen" (Protoonten) nöthig, indem er sagt: „Es ist nun ein offenbarer Zwang, wenn man solche Wesen in das eine oder in das andere beider Reiche einstellt. Sie sind weder Thiere noch Pflanzen, oder wenn man will, es sind sowol Thiere als Pflanzen, und es ist gerechtfertigt, für diese Wesen ein eigenes Reich aufzustellen." — Auch E. Haeckel hat (Generelle Morphologie der Organismen. Berlin 1866) eine Dreitheilung der Organismen vorgeschlagen. Er sucht den Streit über die zwischen Thier- und Pflanzenwelt zu ziehende Grenze vom Standpunct der Descendenztheorie aus zu schlichten; er meint, dass durchaus keine Nöthigung vorliegt, dass jeder Organismus entweder ein Thier oder eine Pflanze sein müsse; der bisher beliebte Dualismus sei unbegründet und sollten alle jene Organismen, die weder echte Thiere, noch eehte Pflanzen seien, in ein eigenes Reich, das der Protisten (Urwesen), zusammengestellt werden. Zu diesen Protisten zählt Haeckel anfangs : Spongiae, Noetilucae, Rhizopoda, Protoplasta, Moneres, Flagellata, Diatomea, Myxomycetes; später werden die Spongiae abgetrennt, dafür aber die Pilze, Nostochinen und Labyrinthuleen den Protisten zugesellt; letzter Zeit scheint Haeckel sein Protistenreich aufgegeben zu haben.

*) Die Myxomyeeten, Schizomyceten, Volvocinen, Monaden, Noctiluceen, Peridinien, Labyrinthuleen, Katallakten, Gregarinen sind solche Organismengruppen, die bald ihrer freien Bewegung wegen als Thiere (Infusorien), bald wegen ihrer Aehnlichkeit mit gewissen Pilzen und Algen als Pflanzen angesehen wurden; obzwar ihre wahre Natur heute noch zweifelhaft ist und wol noch lange bleiben wird, ziehen es neuerdings die meisten Naturhistoriker vor, diese Organismen den Pflanzen anzureihen.

**) Die schon von Aristoteles für Thiere gehaltenen Polypen galten noch im Beginne des vorigen Jahrhunderts als Pflanzen; die gegentheilige Ansicht Peyssonel's fand in der französischen Akademie der Wissenschaft nur Spott; erst die naehherige Unterstützung von Seite Reaumur's, Jussieu's u. A. liess Peyssonel's Anschauung durchdringen. — Die Diatomeen wurden von Ehrenberg, Focke, Eckhart u. A. für Thiere, von Kützing, Unger, Siebold, Naegeli, Cohn u. A. für Pflanzen gehalten. Und durch welches Chaos entgegengesetzter und irriger Ansehauungen musste sich überhaupt die Wissenschaft hindurchwinden, bis man zu den geklärteren, wenn auch lange nicht abgeschlossenen Auffassungen von dem Wesen sämmtlicher niedersten Thier- und Pflanzenorganismen gelangte!

Wenn wir uns früher des Ausdruckes bedienten, die Naturwissenschaft trete oft über Nacht mit neuen Entdeckungen
hervor, durch welche alte Glaubenssätze umgestossen würden,
so lässt sich dies nicht gleicherweise bezüglich der Zweifel
sagen, die im Laufe der Zeit gegen die Berechtigung einer
schroffen Scheidung der Organismen in Thiere und Pflanzen
sich geltend machten. Wir machen vielmehr hier wie anders-
wo die Wahrnehmung, dass oft richtige Anschauungen irrigen
weichen müssen und erst nach Jahrhunderten wieder durch-
zudringen vermögen. Blättern wir im ehrwürdigen Buche, in dem
alle die Werke und Errungnisse menschlichen Geistes enthalten,
um zweiundzwanzig Jahrhunderte zurück, bis wir auf jene Stelle
treffen, die dem grossen Altmeister der Naturgeschichte, dem
Griechen Aristoteles, gewidmet ist, so lesen wir in dessen
Schrift: „Ueber die Theile der Thiere“ folgenden Satz: „Die
Natur aber geht allmälig von den unbeseelten Dingen zu den
Thieren über, durch solche, die zwar leben, aber nicht Thiere
sind, so dass es scheint, dass das Eine von dem Andern dadurch, dass sie sich nahe stehen, nur wenig unterscheidet“ *)
— und in seiner „Thierkunde“ heisst es: „Die Natur aber
schreitet so allmälig vom Unbeseelten zu den beseelten Wesen
fort, dass man bei dem engen Zusammenhange nicht merkt,
wo die Grenze der beiden Gebiete ist und zu welchem von
beiden das in der Mitte Liegende gehört.“ **) Wie weit
freier erscheinen diese Aeusserungen hinsichtlich der Grenzen zwischen Thier- und Pflanzenwelt als eine um zwei
Jahrtausende jüngere Burmeister's: „Die organischen
Naturkörper der Gegenwart stellen zwei Hauptgruppen dar,
deren wesentliche Eigenschaften wir unter den Benennungen
Pflanze und Thier zusammenfassen. Sie sind ebenso
alt wie die Organisation überhaupt, nicht bloss
in ihren Unterschieden untereinander, sondern

---

*) „ή γὰρ φύσις μεταβαίνει συνεχῶς ἀπὸ τῶν αψυχων εἰς τὰ ζῷα
διὰ τῶν ζώντων μὲν οὐκ ὄντων δὲ ζῴων, οὕτως ὥστε δοκεῖν πάμπαν
μικρόν διαφέρειν θατέρου θάτερον τῷ σύνεγγυς ἀλλήλοις.“ Lib. IV. Cap. 5.

**) „οὕτω δ'ἐκτῶν ἀψύχων εἰς τὰ ζῷα μεταβαίνει κατὰ μικρὸν ἡ
φύσις, ὥστε τῇ συνεχείᾳ λανθάνειν τὸ μεθόριον αὐτῶν καὶ τὸ μέσον ποτέρων
ἐστίν.“ Lib. VIII. Cap. 1.

auch in ihrer eigenen Mannigfaltigkeit."*) Wenn etwas unsere Bewunderung für den grossen Griechen grösser werden liesse, als sie es ohnehin sein muss, es wäre diese Jahrtausende vorauseilende richtige Anschauung von dem wahren Verhältnisse zwischen Thier- und Pflanzenwelt. Und mit trefflichen Worten hebt Claus des Aristoteles freies Urtheil gegenüber der Befangenheit so mancher jetziger Forscher hervor, wenn er sagt: „dass die Richtung einer trockenen und unfruchtbaren Systematik, ..., sich niemals zu jener freien und folgerichtigen Auffassung erheben konnte, eben weil sie auf dem Principe der scharfen Abgrenzung wurzelt und selbst in den engeren Gruppen keine Uebergänge anerkennt."**)

Es wäre irrig, wenn wir behaupten wollten, mit Aristoteles sei die Ansicht von der Existenz zweifelhafter Organismen zwischen Thier- und Pflanzenwelt und von der Schwierigkeit einer Grenzbestimmung zu Grabe getragen worden. Wenn auch des Aristoteles Nachfolger sich lange nicht der vorurtheilslosen und unbefangenen Auffassungsweise ihres Meisters rühmen konnten, so sahen gleichwohl Plinius sowol wie die Zoologen der Renaissance ***) in ihren „Zoophyten" eine Reihe von Organismen, die mit thierischen und pflanzlichen Merkmalen begabt einer scharfen Scheidung der Organismenwelt in Thiere und Pflanzen im Wege standen. Erst als die „Zoophyten" eine Gruppe nach der anderen an das Thier- oder das Pflanzenreich hatten abgeben müssen und endlich aufhörten, ein eigenes Zwischenreich zu bilden, konnte man mit Linné von einer scharfen Scheidegrenze zwischen Thieren und Pflanzen sprechen. Je eingehender nun aber die Forschungen auf anatomischem Gebiete wurden und je reicher unsere Kenntnisse von dem Wesen und Baue niederster Thier- und Pflanzenorganismen, um so weniger entsprach diese Scheidung den thatsächlichen Verhältnissen. Nun entwickelt sich ein lebhafter Kampf. Vereinzelten schwachen Angriffen

---

*) H. Burmeister: Geschichte der Schöpfung. 5. Auflage. Leipzig 1854. S. 328.

**) C. Claus: Ueber die Grenze des thierischen und pflanzlichen Lebens. Marburg 1863. S. 3.

***) Vide Anmerkung Seite 2.

gegen die strenge Abgrenzung der Thier- und Pflanzenwelt
folgen immer wuchtigere und entschiedenere; auf der gegne-
rischen Seite wieder wird alles aufgeboten, um die Nothwendigkeit einer scharfen Trennung der Organismen in Thiere
und Pflanzen darzuthuen; neue Merkmale thierischer und
pflanzlicher Natur werden mühsam gesucht, um die Grenze
noch schärfer zu ziehen. Wir können diese Periode allgemeiner
Fehde nicht besser schildern, als wenn wir einen hervorragen-
den Kämpfer gegen die Berechtigung einer absoluten Scheidung
der Organismen in Thiere und Pflanzen, unseren heimischen
Gelehrten Unger, anführen. „Schon seit Langem", schreibt
Unger in seinen botanischen Briefen *), „bildete die scharfe
Abmarkung beider Gebiete des Lebens eine Hauptaufgabe für
alle Jene, die gewohnt sind, alles nach fest bestimmten Normen
zu betrachten. Die vulgären Begriffe von Pflanze und Thier,
mit denen man wol auslangt, wenn man sich in den mitt-
leren Theilen ihres Berciches bewegt, schienen nicht mehr aus-
zureichen, so wie man sich den Grenzen näherte. Ein viel-
faches Ineinandergreifen der Marken schien um so deutlicher
hervorzutreten, je emsiger man bemüht war, sowol im Baue
und in der chemischen Constitution als in den Lebensäusserungen sichere Unterschiede auszumitteln. Einmal glaubte
man in den Elementartheilen und der Art ihrer Vervielfälti-
gung, im Baue und in der Anordnung der Organe einen
Untersehied zwischen Pflanze und Thier zu finden, ein anderes
mal versprachen die Stoffverhältnisse beider sichere Grenz-
scheiden, und wenn das nicht, sollten doch in den Lebenserscheinungen derselben, namentlich in den Bewegungsphäno-
menen solche Merkmale liegen, die es nicht zweifelhaft liessen,
ob sie von einem pflanzlichen oder thierischen Organismus
ausgiengen. Man kann wirklich sagen, Anatomen, Chemiker
und Physiologen haben mit vereinten Kräften Pflanzen und
Thiere auf die Folter gespannt, um sich eine bestimmte Ant-
wort auf diese Frage zu erzwingen. Allein was war die Folge?
Während man mit allem Scharfsinn die einmal bestimmten
Grenzen festzuhalten suchte, geschah durch Entdeckungen so-

<hr>

*) F. Unger: Botanische Briefe. Wien 1852. 17. Brief. S 148
bis 149.

wol von Seite der Chemiker als der Physiologen ein Ein-
bruch nach dem anderen in die gegenüberstehenden Gebiete,
so dass man gegenwärtig in der Lösung des Problems um
keinen Schritt weiter gekommen ist." *)

Welcher Art nun das Baumateriale gewesen, aus welchem
die Grenzmauer zwischen Thier- und Pflanzenwelt aufgebaut
worden war; wie man gestützt auf die für die Nothwendigkeit einer scharfen Trennung der thierischen und pflanzlichen
Natur sprechenden Gründe die Begriffe „Thier" und „Pflanze"
definirte; wie aber dann an der Hand eingehender Untersuchungen auf anatomischem und physiologischem Gebiete ein
Stein nach dem anderen aus dieser Mauer herausgerissen
wurde, bis sie vollends zusammenstürzte und die ganze
Grenze bis auf einige vereinsamte Posten aufgelassen werden
musste — wollen wir in nachfolgenden Auseinandersetzungen
erörtern.

Schon der erste Baustein zum künftigen Gebäude, die
Zelle, soll von anderer Beschaffenheit sein im Thierkörper,
von anderer im Pflanzenleib. Während in der Pflanzenzelle
das nach Aussen im körnerfreien Primordialschlauch sich ab-
grenzende körnerreiche, zähflüssige Protoplasma meist von
einer dicken, stickstofffreien Cellulosehaut (Zellmembran, Zellhaut) umgeben sei, begnüge sich die Thierzelle
mit der äusseren, starreren Abgrenzung des flüssigen Inneren
oder besitze eine nur dünne, stickstoffhaltige Membran.

Die Pflanzenzelle besitze eine dicke, stickstofffreie Membran, die Thierzelle gar keine oder eine nur sehr dünne stickstoffhaltige Zellhaut.

Betrachte man weiters das Pflanzengewebe unter dem
Mikroskop, so zeige sich da dem Auge ein Aufbau aus wol
erhaltenen, scharf umrissenen Zellen von ganz be-
stimmtem Gepräge, während man an thierischen Geweben nur
ganz verschwommene Zellumrisse mit Mühe erkenne. **)

Grosse Selbstständigkeit der Pflanzenzelle gegenüber der leicht veränderlichen Thierzelle.

---

*) So konnte Unger — vor mehr als zwanzig Jahren — schreiben.

**) „Durchmessen wir", sagt Haeckel, „die ganze Stufenleiter
des Pflanzenreiches von den höchstorganisirten Phanerogamen bis zu
den einfachsten mehrzelligen Kryptogamen, allenthalben finden wir den
gesammten Körper aus einem Aggregat selbstständiger, scharf gegen
einander abgegrenzter Zellen zusammengesetzt, ... Umgekehrt
finden wir in der ganzen Reihe der Thiere, so weit sie unstreitig

Man müsse eben der Pflanzenzelle einen weit energischeren Widerstand gegenüber äusseren Einflüssen, ein lebhafteres Bestreben der Formerhaltung zuschreiben als der Thierzelle, die in Ermanglung der massiven, stickstofflosen Zellhaut verändernden Einwirkungen nicht gleichen Widerstand entgegenstellen kann.

Mit dieser geringen Selbstständigkeit und leichten Veränderlichkeit der Thierzelle hänge aber ein weiterer Unterschied zwischen thierischen und pflanzlichen Organismen zusammen, der sich auf die Gewebe und Organe des Thier- und Pflanzenkörpers bezieht. Während im Pflanzenleibe bei der Zählebigkeit der einzelnen Zellen Differenzirungen und Verschmelzungen derselben nicht häufig stattfinden, mithin im Pflanzenleibe keine grosse Verschiedenheit der Zellgewebe zu finden sein wird, lasse sich im Thierkörper in Hinsicht auf die besondere Umwandlungsfähigkeit seiner Zellen die Bildung sehr verschiedener Zellgewebe bestimmt erwarten und thatsächlich constatiren. *)

Und welch greller Unterschied, heisst es weiter, ergebe sich bei Vergleichung der ganzen Gestalt und der Gesammtorganisation des Thier- und Pflanzenkörpers! Hier, am Thiere, eine Fülle vegetativer Organe, dort, an der Pflanze, nur sehr wenige; am Thierkörper diese Organe im Inneren entwickelt, an der Pflanze als äussere Anhänge; von complicirtem Baue beim Thiere, weit einfacherer Art bei der Pflanze; am Thiere von gedrungener, durchaus nicht riesiger Form, von oft gewaltigem Umfange an der Pflanze. **) Man betrachte nur den

<hr>

diesen Namen verdienen, keinen einzigen Organismus, bei dem in vollkommen entwickeltem Zustande sämmtliche denselben ursprünglich zusammensetzende Zellen ihre frühere Selbstständigkeit bewahrt haben; bei allen ohne Ausnahme ist wenigstens ein Theil dieser Zellen zu complexen Geweben, Nerven, Muskeln, Gefässen u. s. w. vollständig verschmolzen. (E. Haeckel: Die Radiolarien. Eine Monographie. Berlin. 1862. S. 163.)

*) E. Haeckel unterscheidet bei sämmtlichen höheren Thierorganismen vier Gewebegruppen: I. Epithelialgewebe; II. Bindegewebe; III. Muskelgewebe; IV. Nervengewebe; während bei den Pflanzen ausser dem einfachen „Parenchym" nur die Milchsaftgefässe, Spiralgefässe u. s. w. als besondere Gewebeform hinzutreten. (Allgemeine Anatomie der Organismen. S. 211 und S. 222.)

**) Während sich (Haeckel) die Pflanzenorgane in morphologischer Hinsicht auf zwei Grundorgane: Axenorgane und Blatt-

complicirten Bau des thierischen Organismus. Durch eine
eigene Mundöffnung bringt das Thier die Nahrung in die
Mundhöhle, woselbst diese mittelst der Zähne zerkleinert
und mit dem Mundsafte, Absonderung der Schleimdrüsen
und der Speicheldrüsen (Ober-, Unterkiefer- und Unter-
zungenspeicheldrüse) versetzt wird. Durch die Schlingorgane:
Rachen und Speiseröhre gelangt die so vorbehandelte
Nahrung in den Magen und wird hier unter fortwährendem
Zusammendrücken der Magenmuskeln neuerdings mit Säften,
den Absonderungen vieler Tausende von Labdrüsen und
Magenschleimdrüsen, vermengt. Der durch den Pfört-
ner aus dem Magen tretende Nahrungsbrei (Chymus), soweit
er nicht schon im Magen aufgesogen wurde, gelangt dann in
den Zwölffingerdarm, den Leerdarm und den Krumm-
darm und wird hier mit den Absonderungen aus den
Brunner'schen Drüsen, der Galle aus der Leber,
dem Bauchspeichel aus der Bauchspeicheldrüse und
dem Darmsafte aus den Lieberkühn'schen Drüsen ge-
mengt, kommt dann als dünnflüssiger Brei in den Blind-
darm, Grimmdarm und Mastdarm, noch aus den
Lieberkühn'schen Drüsen*) Absonderungen aufnehmend.
Im Mastdarme langen die im Körper unbrauchbaren
Nahrungsreste an und werden durch die Afteröffnung entfernt. Durch eigene Aufsaugungsorgane gelangt der flüssige
Nahrungssaft (Chylus) entweder schon im Magen oder erst
im Dünn- und Dickdarm in das Innere des Körpers, erhält in den Lymphdrüsen die Lymphkörperchen und
beginnt nun nach vielen Modificationen als Blut auftretend
den Lauf durch ein vielfach verzweigtes Gefässsystem.

organe zurückführen und vom physiologischen Standpuncte meistens
nur Ernährungs- und Fortpflanzungsorgane unterscheiden
lassen, müsse man beim Thiere in morphologischer Hinsicht zahlreiche
verschiedene, in physiologischer Hinsicht vier Gruppen von Organen
unterscheiden: I. Ernährungsorgane (Werkzeuge der Verdauung,
Circulation, Respiration), II. Fortpflanzungsorgane (Geschlechts-
werkzeuge), III. Locomotions- oder Bewegungsorgane (Muskeln), IV. Beziehungsorgane oder Nerven (Organe der Sinnesempfindung, der Willensbewegung und des Denkens).

*) Man unterscheidet Lieberkühn'sche Drüsen des Dünndarmes
und gleichnamige Drüsen des Dickdarmes.

Durch Venen (Blutadern) läuft das Blut seinem Concentrationspunete, dem Herzen zu, durch Arterien (Schlagadern) vom Herzen weg in den Körper, in den zahlreichen Aderästchen in die entlegensten Theile des Körpers gelangend. In den Blutgefässdrüsen werden die abgenutzten Lymphkörperchen und sonstige Bestandtheile des Blutes neugeschaffen. Immer wieder wird das Blut vom Herzen nach der Lunge (Kiemen) gesandt, um hier den zu allen Neubildungen und Umwandlungen im Körper nöthigen Sauerstoff zu holen und der bei den früheren Läufen durch den Körper aufgenommenen grossen Kohlensäuremenge los zu werden. Die Schweissdrüsen und die Nieren besorgen die Entfernung flüssiger Stoffe aus dem Körper. Die höchst complicirt gebauten Sinnesorgane: Gehör-, Gesichts-, Geruchs-, Geschmacks- und Tastsinn bringen die durch äussere Einflüsse verursachten Empfindungen zum Bewusstsein. Ein über den ganzen Körper sich verbreitender Muskelapparat ermöglicht die verschiedenen Bewegungen des Körpers. Durch das Nervensystem, dem Sitze der gesammten Geistesthätigkeit, werden die Empfindungen vermittelt. Den Fortpflanzungsorganen endlich obliegt die Vermehrung des Individuums. Welch eine complicirte Zusammensetzung verräth schon bei dieser flüchtigen Betrachtung *) ein thierischer Organismus! Wie ungleich einfacher erscheint da der Bau des Pflanzenleibes! In diesem weit gleichmässiger gebauten Körper suchen wir vergebens nach einem ausgebreiteten Nervensysteme, nach Sinnesorganen. In den Wurzeln, Blättern, Blüthen spielt sich die schaffende Thätigkeit der Pflanzen ab, zumal in den Blättern, in welchen wichtige Processe vor sich gehen, mit denen das Leben der Pflanze innigst zusammenhängt. **)

*) Es braucht wol nicht jetzt schon betont zu werden, dass die eben aufgezählten vegetativen Organe nur an hochentwickelten Organismen zu finden.

**) Man vergass auch nicht hervorzuheben, dass die vegetativen Organe beim Thiere innerlich entwickelt seien, zum Unterschiede von der Pflanze, an welcher die vegetativen Organe als äusserliche Anhänge sich bilden, und fand diesen Unterschied darin begründet, dass das auf freie Bewegung angewiesene Thier durch eine solche äussere Entfaltung seiner vegetativen Organe in der Freiheit seiner Bewegungen sehr gehindert wäre, was bei der festgewachsenen Pflanze nicht der Fall sei!

Man ist weiter gegangen und hat einzelne der oben genannten vegetativen Organe hochentwickelter Thierorganismen
jedem Thiere zugeschrieben und deren Besitz oder Nichtbesitz
zum Kriterium thierischer oder pflanzlicher Natur gemacht.
Jedes Thier, sagten die Einen, besitze **Mund, Magen und
Afteröffnung**; fehle der Mund als solcher, so sei er durch
mehrere Oeffnungen im Körper ersetzt; nie aber finde sich
eines dieser Organe an pflanzlichen Organismen. *) Durch
den Mangel an Gehirn, Rückenmark und Nerven, sagten wieder
Andere, sei die Pflanze scharf von dem Thiere getrennt **);

Die Pflanze sei durch den Mangel von Mund, Magen und Afteröffnung vom Thiere unterschieden.

Die Pflanze besitze nicht wie das Thier Gehirn, Rückenmark u. Nerven.

Die Thiere besitzen hinter dem Munde schlundartige contractile Organe.

---

*) So heisst es bei **Blumenbach** (Handbuch der Naturgeschichte. Göttingen 1782. S. 4): „Die Thiere sind organisirte Körper,
die erstens willkürliche Bewegung besitzen und zweitens **ihre Nah-
rungsmittel durch den Mund in den Magen bringen,** ......
Die Pflanzen sind zwar ebenfalls organisirte Körper, denen aber die
willkürliche Bewegung gänzlich mangelt, und die zweitens ihren Nahrungssaft durch Wurzeln einsaugen, **nicht so wie die Thiere ihre
Speisen durch eine besondere einfache Oeffnung zu sich
nehmen.**" — Auch heute halten einige Naturforscher noch daran
fest, dass der Besitz von Mund und Magen ein wesentliches Kriterium
thierischer Natur sei. Ja nach **Ehrenberg** besässen alle Thiere
hinter dem Munde contractile, schlundartige Organe.
„Sehr auffallend", sagt **Ehrenberg**, „ist mir der Umstand geblieben,
dass ich bei den vielen Anschauungen der grössten und kleinsten
Lebensformen, welche ich unter mannigfach günstigen Verhältnissen
mir herbeigeführt und erlangt habe, niemals ein Thier mit stets offenem
Munde und stets offener Verdauungshöhle zur Anschauung bekommen
habe, während ich bei den Schwämmen sowol des Meeres als der
süssen Gewässer nur stets offene, niemals, auch nur periodisch, ge-
schlossene Röhren zur Anschauung selbst bei Reizung erlangen konnte.
Ja, ich habe eine physiologische Unmöglichkeit stets in der Vorstellung gefunden, dass eine offene dem Wasserwechsel unbehindert zu-
gängliche Röhre, auch wenn sie mit Flimmerhaaren ausgekleidet ist, der
zoochemischen Assimilation oder Verdauung Vorschub leisten könne.
Zersetzbare Stoffe können darin wol faulen und im Wasser lösbar und
wieder ausgeworfen werden, aber ein steter Wasserwechsel würde auch
diese nicht zur Assimilation bringen. Dagegen ist der periodisch willkürlich verschliessbare Mund der Thiere gewöhnlich noch durch einen
zweiten Verschluss, welcher als Schlund zu bezeichnen ist, in höchst
auffälliger Weise bis in die kleinsten Thierformen von der Natur festgehalten, wodurch die ruhige Abgeschlossenheit der zur Assimilation
in den inneren Körper gebrachten Stoffe sehr wol befördert wird. ....
Ich darf auch hier, wie schon oben nicht unbemerkt lassen, dass ich
überall schlundartige, contractile Organe hinter dem Munde bei Thieren
stets erwarte." (**Ehrenberg**: Ein Beitrag und Versuche zur weiteren
Kenntniss der Wachsthumsbedingungen der organischen kieselerdigen
Verbindungen. Monatsbericht der k. preuss. Akademie der Wissensch.
zu Berlin. Jahrg. 1866. S. 810—837.)

**) „In Rücksicht auf die Gegenwart und Abwesenheit dieser
Organe", sagt G. **Treviranus** (Die Erscheinungen und Gesetze des
organischen Lebens. Bremen 1831), „trennt sich die lebende Natur in

12

im Pflanzenkörper finde sich nichts vor, das genannten
Organen des Thierleibes verglichen werden könnte (Wir
kommen auf dieses vermeintliche Kriterium thierischer Natur
nochmals ausführlicher zu sprechen.)

So wie aber einerseits die Pflanze nicht wetteifern könne
mit dem Thiere hinsichtlich der Menge vegetativer Organe, so lasse
andererseits die Pflanze das Thier weit hinter sich zurück, was
m a s s i g e E n t w i c k l u n g dieser Organe und deren Ausbreitung
anbelangt. Die — wie später des Weiteren auszuführen — auf
unorganische Nahrung angewiesene Pflanze finde ihre Nahrung
im nächsten Umkreise, brauche also selbe nicht wie das zum
grossen Theile organische Nahrung verlangende Thier erst zu
suchen. Wenn es so einleuchten müsse, dass die sich nicht frei
bewegende Pflanze ihren Körper und dessen Anhänge zu riesigen
Grössen entfalten könne, ohne dass sie durch solche Körper-
last in ihrer Thätigkeit gestört würde, andererseits aber das
Thier im Falle gleich riesiger Körperentwicklung in allen
seinen Bewegungen gehindert seine Nahrung nur schwer
finden und den Kampf um's Dasein nicht erfolgreich kämpfen
könnte, komme es überhaupt zu einer so umfangreichen
Körperentwicklung beim Thiere gar nicht. Denn wenn es auch
feststehe, dass Pflanze und Thier darin übereinstimmen, dass
sie nicht nur Stoff aufnehmen, um denselben nach vollzogener
Umwandlung im Körper abzulagern, sondern andererseits auch
bereits abgelagerten Stoff zersetzen, um die zur Verrichtung
einer Reihe von Arbeiten im Innern des Körpers nothwendigen
Kräfte zu gewinnen, so sei es bei Vergleichung der Lebensthätigkeit der Pflanze mit der des Thieres bei des letzteren
weit regerem Leben wol erklärlich und thatsächlich nach-

---

die beiden Reiche, die auch der gemeine Verstand nach der Aeusserung oder Nichtäusserung willkürlicher Bewegung unterscheidet in das
Thier- und Pflanzenreich." Den Einwurf, dass es ja auch niedere Thierformen ohne Nerven gebe, sucht T r e v i r a n n s so zu entkräften: „Es
lassen sich zwar auch bei den einfacheren Thieren keine Nerven wahr-
nehmen. Da aber in manchen Thieren, denen man sonst die Nerven
absprach, wahre Nerven entdeckt sind, und da diese Arten, mit denen,
worin man noch keine solche Organe fand, in naher Verwandtschaft
stehen, so hat man weit mehr Grund, sie für ein Eigenthum aller
Thiere zu halten, als selbst den niedrigsten derselben abzusprechen."
(S. 31.)

weisbar, dass bei der Pflanze das Bestreben, Stoff abzulagern, bei dem Thiere aber die Nothwendigkeit, Stoff in Kraft umzusetzen, vorherrsche.

Mit diesem wichtigen Unterschiede zwischen Thier und Pflanze hänge aber, wurde weiter behauptet, ein anderes nicht zu übersehendes Unterscheidungsmerkmal zusammen, die **beschränkte Wachsthumsfähigkeit des Thieres gegenüber der fast unbeschränkten der Pflanze.** „Das Thier", sagt Claus*), „erreicht im Allgemeinen eine constante und enger begrenzte Grösse, welche dem jedesmaligen Verhältnisse der Flächenleistung zu dem des Ernährungsbedürfnisses der Masse entspricht; nachher gehen Einnahmen und Ausgaben ohne Ueberschuss in einander auf, während die Pflanze so lange sie überhaupt lebt, sich vergrössert"; und Burmeister**) sagt: „Gehen wir demnächst zur Unterscheidung des thierischen Grundtypus über, so erkennen wir bald als ersten, wesentlichen Unterschied seiner Form die Endlichkeit des Schema's, das jedem einzelnen Thiere zu Grunde liegt. Zwar ist vielen Thieren, gleich den Pflanzen erlaubt, lebenslänglich fortzuwachsen und sich nach allen Richtungen hin zu vergrössern, aber sie ändern deshalb nicht ihre Formen, die Umrisse und Beziehungen der Theile, sondern sie dehnen sich bloss wie im Ganzen, so auch in jedem einzelnen Theile mehr und mehr aus. Kein neuer Theil kommt hiezu, wenn die Menge der vorgeschriebenen erreicht ist, keine Zehe mehr als in der Jugend, kein neuer Wirbel; aber die Pflanze bildet mit jedem Jahre mehr Zweige und ändert dadurch die Beziehung der vorhandenen Theile zu einander wesentlich." ***)

----

*) C. Claus: Ueber die Grenze des thierischen und pflanzlichen Lebens. S. 5.

**) H. Burmeister: Geschichte der Schöpfung. S. 342.

***) „In der Bildung des Thieres", sagt Schleiden, „schreitet die Natur mehr oder minder rasch bis zu dem Puncte vor, wo die Form entwickelt ist und von da an als das Untergeordnete stationär bleibt, während das Leben als das eigentlich Beabsichtigte sein Spiel von Wirkung und Gegenwirkung nun erst recht in voller Kraft beginnt. Es ist dies der Zeitpunct der fertigen Form, der adolescentia, die ein wesentlicher Charakter der Thiere ist und höchstens vielleicht bei einigen sehr langsam wachsenden in soferne eine scheinbare Ausnahme

14

Bei dieser unbeschränkten Wachsthumsfähigkeit des Pflanzenleibes komme es aber bald dahin, dass das Individuum immer mehr nnd mehr zurücktritt, verschwindet und verblasst und man wol kaum im Stande sei zu sagen, was man an einem so riesig angewachsenen Pflanzenorganismus als Individuum anzusehen habe. Dieser wenig scharf ausgeprägte individuelle Charakter der Pflanze biete daher im Vergleiche zu der stets deutlich gekennzciehneten Individualität des Thieres ein weiteres Kriterium pflanzlicher und thierischer Natur. „Das äussere ausgedehnte Waehsthum aber", sagt Claus*), „führt — und hierin liegt ein neuer, aus dem Unterschiede der Organisation entspringender Gegensatz — zur Beschränkung der Individualität, welche wir beim Thiere schon wegen der complicirten und gegenseitig abhängigen Lebenserscheinungen schärfer ausgeprägt sehen."**)

Aber, wie sich zum Theil schon aus dem Gesagten entnehmen lasse, bestehe ein wichtiger Unterschied zwischen Thier- und Pflanzenorganismen schon in den ganz verschiedenen Gestalten ihrer Körper, denen wesentlich andere Grundformen zu Grunde liegen. Der Thierkörper bane sich nach der Grundform der halben amphithekten Pyramide, der Pflanzenkörper nach der regulären Pyramide anf;

---

leidet, als der blossen Vergrösserung, aber unter Beibehaltung von Form und Verhältniss aller Theile, keine in unsere Beobachtung fallende Grenze gesetzt scheint. Wie ganz anders dagegen die Pflanze. Die beabsichtigte Mannigfaltigkeit der Gestalten wird dadurch in noch höherem Grade verwirklicht, dass die Pflanze fast in jedem Momente ihres Lebens nur ein Theil ihrer selbst ist, dass sie die zu ihrem Begriff nothwendigen Organe jetzt abwirft, um im nächsten Augenblick andere, ebenso nothwendige Organe zu entwickeln und so in einer beständigen Metamorphose der Gestalt, schon in ihrem individuellen Lebensprocess jener bunten Mannigfaltigkeit der Formen dient, die ihrem ganzen Dasein als höchstes Gesetz gilt." (Grundzüge der wissenschaftlichen Botanik. Leipzig 1842. S. 31.)

*) C. Claus: Grenze des thierischen u. pflanzlichen Lebens. S. 5.

**) „Das Thier", sagt Schleiden, „bildet sich nach Zweckgesetzen, differenzirt sich möglichst im Inneren und strebt nach abgeschlossener Individualität gegen die Aussenwelt. Daher sind die Veränderungen und Umbildungen der Elementarorgane beim Thiere unendlich grösser als bei der Pflanze und die Individualität derselben fast null, während bei der Pflanze die Elementarorgane gerade am schärfsten individualisirt sind und die kaum festzuhaltende Individualität der Pflanze fast ganz in die Individualitäten der einzelnen Zellen zerfällt." (Grundzüge d. wiss. Bot. S. 30—31.)

im Pflanzenreiche herrsche „regulär-radiäre" Form, in der Thierwelt sogenannte „bilaterale Symmetrie" vor. *)

Mag es auch, raisonnirte man weiter, thierische Organismen so einfacher Natur geben, dass sie von vielen pflanzlichen Gebilden hinsichtlich der Zahl der vegetativen Organe und der Complicirtheit des Baues übertroffen werden, so könne doch der wichtige Unterschied zwischen Thier- und Pflanzenorganismen nicht geläugnet werden, dass selbst die einfachsten thierischen Organismen stets aus mehreren, nie aus einer Zelle bestehen, während es eine grosse Zahl einzelliger Pflanzen gebe. Dieses Kriterium allein — die Vielzelligkeit niederster Thierformen gegenüber der Einzelligkeit vieler niederer Pflanzenkörper — genüge, um die Thier- und Pflanzenwelt scharf von einander zu scheiden. **)

Man hat dann auf die wesentlichen Unterschiede zwischen Thier- und Pflanzenkörpern hinsichtlich ihrer chemischen Constitution hingewiesen. Der thierische Körper sei fast aus-

Es gebe sehr viele einzellige Pflanzen, während auch die einfachsten Thierorganismen mehrzellig seien.

Der Pflanzenkörper sei aus ternären, stickstofffreien, der Thierkörper aus quaternären, stickstoffhaltigen Verbindungen zusammengesetzt.

---

*) E. Haeckel bezeichnet alle jene Thiere, deren Körpergrundform die halbe amphithekte Pyramide ist, mit dem Namen: Zeugita (Centrepipeda). Untergattungen der Zeugiten sind die Amphipleura und Zygopleura. Die Zygopleura zerfallen in die Arten: Tetrapleura und Dipleura. Unterart der Dipleura sind die Endipleura (Gleichhälftige, Einpaarige), deren Körper die einfach-gleichschenkelige Pyramide zur stereometrischen Grundform hat. Auf diese Form will Haeckel den Ausdruck: „bilaterale Symmetrie" angewendet wissen. (Allgemeine Anatomie der Organismen. S. 495—524.) — Weshalb wir bei den Thieren die Endipleuren-Form vorherrschend, die regulär-radiäre Form aber nur selten finden, erklärt H. auf Grund der Darwin'schen Theorie einfach dadurch, dass die Grundform der halben amphithekten Pyramide dem Körper freie Bewegung besser ermögliche, als die reguläre Pyramide, aus dem „Kampfe um's Dasein" daher die Thierorganismen von Endipleuren-Form als Sieger hervorgehen mussten — wie ja auch der Mensch alle seine Bewegungsmaschinen nach dem Principe der halben amphithekten Pyramide (und zwar der einfach-gleichschenkligen) baue. (S. 521.)

*) C. Gegenbaur war es, der in der Selbstständigkeit der Pflanzenzelle gegenüber der leicht veränderlichen Thierzelle und in dieser Einzelligkeit vieler niederster Pflanzenformen und der Mehrzelligkeit einfachster Thierorganismen das beste Mittel erkannte, Thiere und Pflanzen von einander zu scheiden. „Haec ratio partium elementarium", heisst es in seiner Schrift: De animalium plantarumque regni terminis et differentiis (Jenae 1860), „in omnibus plantis et animalibus manifesta separat quidem alterum regnum ab altero et satis distinctos utriusque regni, ut videtur, limitis constituit". Und am Schlusse —: „Et ea quidem signa morphologica, quae nunc rerum est condicio, sufficere putandum est ad constituendos utriusque regni terminos."

schliesslich aus quaternären, stickstoffhaltigen Verbindungen zusammengesetzt, während der Pflanzenleib aus ternären, stickstofffreien Verbindungen sich bilde; beide Organismengruppen seien mithin durch den Gehalt oder Mangel an Stickstoff scharf charakterisirt. *)

Auch sei das Vorkommen gewisser Stoffe im Thierkörper anderer im Pflanzenkörper charakteristisch, so für den Pflanzenorganismus das Chlorophyll und die Cellulose, für den Thierkörper die Verbindungen Albumin, Caseïn und Fibrin; insbesondere das in der Pflanzenwelt allgemein verbreitete Chlorophyll, das den Pflanzen die charakteristische, grüne Färbung verleiht, aber auch der Sitz einer die Pflanze scharf kennzeichnenden Thätigkeit ist, lasse thierische und pflanzliche Organismen stets leicht und deutlich von einander unterscheiden.

Ein unterscheidendes Merkmal zwischen Thier- und Pflanzenreich müsse dann auch darin gefunden werden, dass im ersteren Calciumcarbonat, Calciumsulfat und Silicium in grossen Mengen und wolgeformte Massen (Skelette) bildend auftreten, im Pflanzenreiche genannte Verbindungen aber nur in sehr geringer Menge auftreten und keine besondere Bedeutung haben. Dieses Argument gewinne dadurch an Werth, als gerade die niedersten Thierformen so reichliche Ablagerungen von Silicium und Calciumcarbonat zeigen. **)

---

*) Die für den pflanzlichen Organismus höchst wichtigen Kohlenhydrate: Cellulose ($C_6 H_{10} O_5$), Zucker ($C_{12} H_{22} O_{11}$ und $C_6 H_{12} O_6$), Gummi ($C_6 H_{10} O_5$), Stärkemehl ($C_6 H_{10} O_5$) — also sämmtlich stickstofffreie Verbindungen — seien im Thierkörper entweder gar nicht vorhanden oder, wenn vorhanden, spielen eine nur untergeordnete Rolle. Die stickstoffhaltigen Säuren des Thierkörpers: Hippursäure ($C_9 H_9 NO_3$), Harnsäure ($C_5 H_4 N_4 O_3$) u. s. w. seien im Pflanzenkörper nicht zu finden und hier durch stickstofffreie Säuren ersetzt. Die stickstoffhaltigen Basen des Thierkörpers: Leucin ($C_6 H_{13} NO_2$), Kreatin ($C_4 H_9 N_3 O_2 + H_2 O$), Harnstoff ($CH_4 N_2 O$) seien schwach alkalisch und von fast constanter Zusammensetzung, dagegen die stickstoffhaltigen Pflanzenbasen: Morphin ($C_{17} H_{19} NO_3 + H_2 O$), Nicotin ($C_{10} H_{14} N_2$), Strychnin ($C_{21} H_{22} N_2 O_2$) stark alkalisch und von fast constanter Zusammensetzung.

**) Nach Gorup-Besanez (Physiologische Chemie. 3. Auflage. Braunschweig. S. 90—91) tritt Calciumcarbonat auf in den Kalknadeln einiger Infusorien, in den erdigen Ablagerungen der äusseren Haut der Echinodermen, im Skelette der Holothurien, in den Muschelschalen,

Wie nothwendig aber eine scharfe Scheidung von Thier- und Pflanzenwelt geboten erscheine, zeige wol recht deutlich der grelle Gegensatz, der zwischen Thier- und Pflanze hinsichtlich jener Processe besteht, durch welche dem Organismus Nahrungsstoff zugeführt, dieser assimilirt und umgesetzt wird und die zur Bewegung der Lebenssäfte nothwenigen Kräfte gewonnen werden. Pflanze und Thier nehmen andere Nahrungsstoffe auf, assimiliren diese in verschiedener Weise und athmen in verschiedener Weise. Während das Thier feste, flüssige und gasförmige Nahrstoffe aufzunehmen im Stande, könne die Pflanze mittelst der Wurzeln und Blätter nur gasförmige und flüssige Nahrungsstoffe aufnehmen, vermöge aber nicht wie das Thier feste Verbindungen in sich aufzunehmen.*) Darin allein liege schon ein triftiger Grund zur Scheidung der Organismen in Thiere und Pflanzen. Aber auch hinsichtlich der Zusammensetzung der Nahrungsstoffe abgesehen von ihrem Aggregationszustande, treten nicht geringe Unterscheidungsmerkmale zu Tage. Die Nahrung der Pflanze bestehe ausschliesslich aus unorganischen Verbindungen, während das Thier mit Ausnahme einiger unorganischer Verbindungen seine Nahrung vorzugsweise der organischen Welt entnehme. Kohlendioxyd, Wasser, Ammoniak vor allem, dann Phosphate, Sulfate, Nitrate und Carbonate von Kalium, Natrium, Calcium, also sauerstofffreie Verbindungen niederen Grades, bilden die Nahrung der Pflanze, während das Thier von Fetten, Eiweisskörpern, Kohlenhydraten u. s. w. also complicirten Verbindungen sich nähre. Diese einfachen Stoffe wandle die Pflanze durch Desoxydation und Synthese in complicirte Verbindungen höheren Grades um und

---

Schneckengehäusen und Kalknadeln der Mollusken, in den Kalkschalen der Acephalen, Cephaloporen und Cephalopoden, in Crustaceenpanzern, in den Perlen u. s. w.

*) Dass man auch heute noch nicht ganz mit der Ansicht gebrochen habe, die Aufnahme fester Stoffe in dem Organismus sei ein Kriterium thierischer Natur, beweist nachfolgende Stelle aus einer Aeusserung Ehrenberg's über die Natur der Volvocinen: „Sowol die Volvocinen, als die Clostermen und Desmidiaceen und auch viele Baccillarieen sind von mir als dem Thiercharakter fremd, dadurch scharf gesondert geblieben, dass sich eine Aufnahme fester Stoffe in innere Hohlräume nicht nachweisen liess. Da aber doch Genera der Baccilla-

<table>
<tr><td style="vertical-align:top; width:22%">

Die Pflanze setze ihre einfachen Nährstoffe durch Reduction und Synthese in complicirte Verbindungen um; das Thier verwandle die complicirten Nährstoffe durch Oxydation und Analyse in einfache Verbindungen.

</td><td style="vertical-align:top">

setze hiedurch lebende Kräfte (Licht, Wärme) in Spannkräfte um; das Thier aber zersetze die complicirten Nahrungsstoffe durch Oxydation und Analyse in Verbindungen einfacher Art, führe also Spannkräfte in lebende Kräfte über. Bestehe sonach zwischen Thier- und Pflanzenorganismen ein nicht wegzuläugnender Unterschied hinsichtlich der Ernährung, indem das Thier feste Nahrungsstoffe aufzunehmen vermöge, die Pflanze nicht; das Thier organische und unorganische Verbindungen aufnehme, die Pflanze ganz auf unorganische Nahrung angewiesen sei; das Thier complicirt, die Pflanze einfach zusammengesetzte Nährstoffe aufnehme; ein weiterer Unterschied dann bezüglich des Stoffwechsels, da das Thier die aufgenommenen Verbindungen durch Oxydation und Analyse in einfache Verbindungen zerlege, die Pflanze aber die einfachen Nährstoffe durch Reduction und Synthese in complicirte Verbindungen umsetze, 'so treten diese Verschiedenheiten der im Inneren des Thieres und des Pflanzenkörpers vor sich gehenden Processe nach Aussen klar zu Tage in der Sauerstoffabgabe seitens der Pflanze und der Sauerstoffaufnahme von Seite des Thieres*); von den

</td></tr>
</table>

setze hiedurch lebende Kräfte (Licht, Wärme) in Spannkräfte um; das Thier aber zersetze die complicirten Nahrungsstoffe durch Oxydation und Analyse in Verbindungen einfacher Art, führe also Spannkräfte in lebende Kräfte über. Bestehe sonach zwischen Thier- und Pflanzenorganismen ein nicht wegzuläugnender Unterschied hinsichtlich der Ernährung, indem das Thier feste Nahrungsstoffe aufzunehmen vermöge, die Pflanze nicht; das Thier organische und unorganische Verbindungen aufnehme, die Pflanze ganz auf unorganische Nahrung angewiesen sei; das Thier complicirt, die Pflanze einfach zusammengesetzte Nährstoffe aufnehme; ein weiterer Unterschied dann bezüglich des Stoffwechsels, da das Thier die aufgenommenen Verbindungen durch Oxydation und Analyse in einfache Verbindungen zerlege, die Pflanze aber die einfachen Nährstoffe durch Reduction und Synthese in complicirte Verbindungen umsetze, 'so treten diese Verschiedenheiten der im Inneren des Thieres und des Pflanzenkörpers vor sich gehenden Processe nach Aussen klar zu Tage in der Sauerstoffabgabe seitens der Pflanze und der Sauerstoffaufnahme von Seite des Thieres*); von den

stoffabscheidung die complicirten Verbindungen: Kohlenhydrate, Fette bilden, sonach dem Thiere dessen nothwendige Nahrung und den Sauerstoff bereiten sehe, andrerseits wieder das Thier durch Analyse der aufgenommenen complicirten Nährstoffe Kohlendioxyd, Wasser, Ammoniak an die Pflanzenwelt abgebe, so sei da ein inniger Wechselverkehr zwischen Thier- und Pflanzenwelt wol nicht zu läugnen und liege eben in diesem gegenseitigen Füreinanderarbeiten der Pflanzen- und Thierwelt ein weiterer Hinweis auf deren ganz verschiedenes Wesen.

Selbst die Fortpflanzungsweise thierischer und pflanzlicher Organismen bot den Vertheidigern der absoluten Scheidung der organischen Welt in zwei grosse Gruppen einen Anhaltspunct. Wenn auch, sagten sie, die geschlechtliche Fortpflanzung in der Thier- und Pflanzenwelt in ziemlich analoger Weise zu finden sei, so müsse man andrerseits doch zugestehen dass die ungeschlechtliche Fortpflanzung durch Knospung und Theilung in der Pflanzenwelt entschieden vorherrsche, was nicht gleicherweise in der Thierwelt der Fall.

Aber mögen auch alle die bisher für die Nothwendigkeit einer scharfen Scheidung zwischen Thier- und Pflanzenwelt sprechenden Gründe der Richtigkeit entbehren, so könne ein wichtiger und durchgreifender Unterschied zwischen Thier- und Pflanzenwelt nicht angefeindet werden, dass nämlich dem Thiere willkürliche Bewegung und Empfindungsvermögen zukomme, der Pflanze nicht. Zumal der Besitz resp. Mangel des Empfindungsvermögens gelte ja von jeher als unantastbares Kriterium thierischer und pflanzlicher Natur, welche Ansicht in dem alten Glaubenssatze: Plantae vivunt, animalia vivunt et sentiunt — schon längst ihren Ausdruck gefunden. Die Pflanze, die, wie schon erwähnt, ihre unorganischen Nährstoffe in ihrer nächsten Umgebung findet, brauche dieselben nicht aufzusuchen, bedürfe daher der willkürlichen Bewegung nicht. Das Thier aber, das seine Nahrung oft in weiten Umkreisen von seinem Aufenthaltsorte aufsuchen, unter vorgefundenen Nahrungsstoffen die zusagenden auswählen muss, könne dies nur im Besitze willkürlicher Bewegung, also auch des Empfindungsvermögens bewerkstelligen.

„Wir erhalten dadurch", sagt Burmeister*), „zwei Bedürf-
nisse, welche die Pflanzenwelt nicht kennt und eben hierin
sich ideell und functionell sogleich vom Thier unterscheidet.
Selbstbestimmbare Bewegung und Empfindung, die sich als
Contractilität der thierischen Gewebe äussern, sind die wesent-
lichsten Kriterien der thierischen Organisation." **)

Fassen wir sämmtliche diese für die entschiedene Schei-
dung thierischer und pflanzlicher Organismen zeitweise in's
Feld geführten Gründe zusammen, so würden wir — ohne
jedoch behaupten zu wollen, dass diese Definitionen in ihrer
Gesammtheit in Anwendung gekommen seien — die Begriffe
„Thier" und „Pflanze" in folgender Weise definiren müssen.

Definition von
„Thier" und
„Pflanze" auf
Grund der für
die strenge
Scheidung der
„Thiere" und
„Pflanzen" an-
geführten
Gründe.

„Thier" wäre uns ein Organismus, der von einer
membranlosen oder doch nur mit einer dünnen, stickstoffhaltigen Membran versehenen Zelle Ausgang nehmend aus
quaternären, stickstoffhaltigen Verbindungen nach der Grundform der halben amphithekten Pyramide einen gedrungenen
Bau aufführt, welcher aus vielen sehr veränderlichen Zellen
(nie aus einer Zelle) bestehend in mehrere verschiedene Gewebe sich differenzirt, zahlreiche complicirte Lebensorgane im
Inneren entfaltet, durch den Mangel an Chlorophyll und Cellulose einerseits, den Gehalt an Albumin, Caseïn, Fibrin
andererseits gekennzeichnet ist, mittelst einer eigenen Mundöffnung grösstentheils organische, aber auch unorganische,
complicirt zusammengesetzte Nahrungsstoffe aufnimmt und diese
durch Analyse und Oxydation in einfachere Verbindungen ver-
wandelt, Sauerstoff ein-, Kohlendioxyd und Wasser ausathmet,
sich in der Regel geschlechtlich fortpflanzt, immer aber willkürliche Bewegung und Empfindungsvermögen besitzt.

---

*) H. Burmeister: Gesch. d. Schöpf. S. 330.

**) Mit dem Mangel freier Bewegung bei der Pflanze und der
allgemeinen Ortsbewegung bei Thieren hänge als weiteres Unter-
scheidungsmoment zusammen die häufige Bildung von Stöcken
(Individuen VI. Ordnung) und damit die Repräsentation des physiologischen Individuums durch den ganzen Stock — bei den Pflanzen;
seltene Bildung von Stöcken, häufige Entstehung von Gesell-
schaften, Staaten und Repräsentation des physiologischen Individnums
durch Personen (Individuen V. Ordnung) — bei den Thieren. (E.
Haeckel: Allgemeine Anatomie der Organismen. S. 211, 271, 222,
227 und 228.)

Häufige Bil-
dung von Stö-
cken in der
Pflanzenwelt,
von Gesell-
schaften in der
Thierwelt.

In der „Pflanze" wieder sähen wir ein (oft nur aus einer Zelle bestehendes) organisches Gebilde, dessen scharf umrissene, selbstständigere Zellen von einer dicken, stickstofflosen Zellmembran umgeben, nach der „regulär-radiären" Form einen mehr gleichmässigen, aus ternären, stickstofffreien Verbindungen bestehenden Körper bilden, an dem nur wenige, aber meist umfangreiche, vegetative Organe als äussere Anhänge sich entwickeln, der durch den Mangel von Albumin, Caseïn und Fibrin und den Gehalt an Chlorophyll und Cellulose charakterisirt auf unorganische Nahrung angewiesen ist, nie feste Nahrungsstoffe aufzunehmen vermag, die aufgenommenen einfachen Verbindungen durch Reduction und Synthese mittelst der eigenthümlichen Thätigkeit der Chlorophyllorgane in complicirte Verbindungen umwandelt, Kohlendioxyd und Wasser aufnimmt, Sauerstoff aber ausathmet, sich vorzugsweise ungeschlechtlich fortpflanzt, nie aber willkürliche Bewegung und Empfindungsvermögen besitzt.

Wir wollen nun an der Hand der neueren Forschungen auf anatomischem und physiologischem Gebiete die Richtigkeit aller dieser für die Unerlässlichkeit einer absoluten Abgrenzung der Pflanzen und Thiere ins Feld geführten Gründe prüfen und untersuchen, ob diese den Thier- und Pflanzenkörper so scharf kennzeichnen sollenden Unterscheidungsmerkmale in der That als durchgreifende Kriterien thierischer und pflanzlicher Natur gelten können.

Ein wichtiger Unterschied zwischen Thier und Pflanze, hiess es früher, bestehe schon in dem ungleichen Bau der Thier- und Pflanzenzelle; durch ihre dicke, stickstofflose Membran sei letztere von ersterer deutlich unterschieden. Nun haben aber die neuesten eingehenden Untersuchungen auf pflanzenanatomischem Gebiete zur Genüge dargethan, dass ein grosser Theil von Pflanzen (die niedersten Formen der Thallophyten) einen Theil ihres Lebens hindurch als membranlose Zellen erscheinen, dass überhaupt viele Pflanzenzellen in ihrer ersten Anlage oder auch später noch als nackte, hautlose, sogenannte primordiale Zellen auftreten, dass also die bisherige Definition der Zelle als ein durch Primordialschlauch und dicke Cellulosehaut begrenztes zähflüssiges Protoplasmagebilde zu weit gehend sei, man vielmehr den Protoplasmakörper selbst ohne Rücksicht auf dessen Umgrenzung als Zelle betrachten müsse. *) Indem es sonach auch Pflanzen gibt, die diese dicke Zellhaut nicht besitzen, so kann deren Besitz nicht als Kriterium pflanzlicher Natur erscheinen. Ueberdies lassen sich ähnliche Umschliessungen besser erhaltener Zellen durch membranartige Ueberzüge auch im Thierkörper nachweisen, so an Knorpeln und an dem Gewebe der chorda dorsalis.

Die Existenz einzelliger Thierformen — entsprechend den einzelligen Pflanzen-Organismen — ist sehr wahrscheinlich.

Wenn weiters auch nicht in Abrede zu stellen, dass es unter den niedersten Pflanzenorganismen eine grosse Zahl einzelliger Pflanzen gebe, so ist aber andererseits auch die Existenz einzelliger Thierorganismen nicht ausgeschlossen. Noch ist wol diese Frage nicht ausgetragen. Aber es haben sich bisher nicht wenige Gelehrte für die Einzelligkeit einiger niederer Thierformen erklärt. Schon Oken nahm die Infusorien als einzellig an; Mayer verglich dieselben mit der vegetabilischen Zelle; Siebold, M. Schultze und Haeckel traten für die Einzelligkeit der Infusorien ein; Kölliker erklärte ausser den Infusorien auch die Gregarinen für einzellige Organismen. **) Nun sind aber diese genannten thierischen Organismen lange nicht die einfachsten Gebilde, ist daher, wenn sie auch als mehrzellige Formen erkannt werden dürften ***), die schliessliche

---

*) J. Sachs sagt diesbezüglich in seinem „Lehrbuch der Botanik" (4. Auflage. Leipzig 1874) S. 5: „Diese und andere Beispiele zeigen uns, dass der Protoplasmakörper die Zelle bildet; die Zelle, in dem oben definirten Sinne, ist offenbar nur eine weitere Entwicklungsform desselben, die gestaltenden Kräfte gehen von ihm aus. Man hat sich daher gewöhnt, einen derartigen Protoplasmakörper selbst als Zelle zu betrachten und ihn als nackte, hautlose Zelle, primordiale Zelle zu bezeichnen; er verhält sich zu einer mit Haut und Zellsaft versehenen Zelle etwa so, wie eine Larve zu dem fertigen Insect, welches sich, reicher gegliedert, aus jener entwickelt."

**) Dagegen haben Perty, Stein, Cohn, Claparède, Greeff u. A. die Einzelligkeit der Infusorien verneint, nachdem schon Ehrenberg den eigentlichen Infusorien einen Darmkanal mit Magensäcken zugeschrieben hat.

***) Pagenstecher sagt diesbezüglich in seiner „allgemeinen Zoologie" (Berlin 1875) S. 69—70: „Man muss, wenn man dem (der

Entdeckung einzelliger Thiere gewiss zu erwarten. Da ja, meint Claus*) sehr richtig, die Zelle für den Thierkörper, wie für den Pflanzenkörper Ausgangspunct sei, ist überhaupt kein Grund vorhanden, weshalb es nicht „einzellige Thierorganismen geben könne". **)

Wurde behauptet, dass im Thierkörper die Entwicklung der Gewebe durch Differenzirung der Zellen einen weit höheren Grad erreiche als bei den Pflanzen, dass der thierische Organismus durch die grosse Zahl vegetativer Organe vom Pflanzenkörper scharf unterschieden sei, und dass die vegetativen Organe beim Thiere stets im Inneren, bei der Pflanze als äussere Anhänge zur Entwicklung gelangen, so können wir auch diese Merkmale nicht als durchgreifende Unterscheidungskriterien gelten lassen. Betrachten wir, gleichwie wir dies früher an einem vollkommen entwickelten thierischen Organismus gethan, nun ein höchst einfach gebautes Thier an der Schwelle beider Reiche — eine Amöbe. Wo ist da die Fülle complicirter Lebensorgane? wo die Differenzirung von Zellen in verschiedene Gewebe? Kann man mit Bezug auf diesen unvollkommnen Organismus von eigentlichen Organen und Geweben sprechen? Kein Mund zur Aufnahme der Nahrung, keine Afteröffnung, kein Magen, kein Herz, weder Füsse noch Sinne, kein Gefässsystem, kein eigentliches Athmungs- und Fortpflanzungsorgan! Das Ganze ein Protoplasmaklumpen durch keine starre Umhüllung in seiner Contractilität gehindert; an jeder Stelle der Peripherie im Stande Nahrung aufzunehmen, zu athmen; durch einfache Theilung der Zellkerne und Umschliessung dieser

---

Einzelligkeit der Infusorien) beipflichten will, sehr bedeutende Gestaltungs-Mannigfaltigkeiten, für den inneren Bau Verschiedenartigkeit des Parenchyms, Anwesenheit von Hohlblasen oder Vacuolen, eines Mundrohres und eines Afters, äusserlich Wimpern, Haken, Stiele als Zellorganisationen nehmen, welche ganz so bunt doch im Zusammenhange von Zellen sich an diesen nicht zu finden pflegen. Das Modell von Zellen, die Thieren und Pflanzen allgemein zukämen, die Urzelle, eben erst herabgesetzt, hätte von Allem dem nichts, es wären dies Zellen mit höchst complexen Organisationen."

*) C. Claus: Lehrbuch der Zoologie. Marburg und Leipzig. 3. Auflage. 1874. S. 8.

**) Eben die Wahrnehmung, dass die einfachen wie die vollkommnen Thier- und Pflanzenorganismen ihren Ursprung aus einem einzelligen Eie nehmen, lässt die moderne Naturforschung zum Schlusse

Theile mit Partien der Protoplasmamasse sich ungeschlechtlich fortpflanzend! Wer hält da noch den grellen Gegensatz zwischen Thier und Pflanze fest? Sind wir nicht vielmehr jetzt schon an dem Puncte angelangt, wo Pflanzen- und Thierwelt sich innig berühren, abgesehen von den noch weit einfacher gebauten Organismen ganz zweifelhafter Natur!? *)

Noch weniger lässt sich aber ein für die gesammte Thier- und Pflanzenwelt umfassendes Unterscheidungsmerkmal in der dem Thier- und dem Pflanzenkörper zu Grunde liegenden Bauform erblicken. Wenn auch in der Thierwelt die Eudipleuren - Form, in der Pflanzenwelt die „regulär - radiäre" Form vorherrscht, so finden wir doch „bilaterale Symmetrie" auch im Pflanzenreiche an zahlreichen höheren Pflanzenformen und andererseits wieder die reguläre Pyramide als den Coelenteraten und Echinodermen zukommende Grundform. Und abgesehen davon gibt es eine grosse Reihe einfachst entwickelter Pflanzen- und Thierorganismen, an deren in seinen Umrissen vielfach variirendem Baue gar keine bestimmte Grundform sich erkennen lässt.

Was weiters den behaupteten, grellen Unterschied zwischen Thier- und Pflanzenkörpern hinsichtlich deren chemischer Constitution anbelangt, so ergibt sich bei genauer Analyse thierischer und pflanzlicher Organismen, dass durchaus nicht gesagt werden kann, der Körper des Thieres sei nur aus quaternären, der Pflanzenleib nur aus ternären Verbindungen zusammengesetzt und nur für den thierischen Organismus sei der Stickstoff von Bedeutung. Finden wir nicht im Thierkörper die

Die „bilaterale Symmetrie" im Pflanzenreiche nicht selten. Die Organismen der Coelenteraten und Echinodermen haben regulär-radiäre Form. Auch gibt es Thier- und Pflanzengebilde von gar keiner bestimmten Grundform.

Sowie sich ternäre, stickstofffreie Verbindung im Thierkörper, so finden sich quaternäre, stickstoffhaltige Verbindungen im Pflanzenkörper.

---

kommen, „dass alle mehrzelligen Thiere und Pflanzen ursprünglich von einzelligen Organismen abstammen". (E. Haeckel: Natürliche Schöpfungsgeschichte. Berlin. 1868. S. 320.)

*) K. Semper (Der Haeckelismus in der Zoologie. 2. Auflage. Hamburg. 1876) meint zwar: „Man spricht gern in der Zoologie von den einfachsten, nur aus einem Klümpchen Protoplasma bestehenden mikroskopischen Thierchen. Aber man vergisst, dass man sie deshalb nur die einfachsten nennt, weil wir mit unseren Mikroskopen keine weitern morphologischen Verschiedenheiten in ihnen zu erkennen vermögen, da durch diese auch unserer Sehkraft eine Grenze gezogen ist, und man vergisst ferner dabei, dass durch andere Hülfsmittel dennoch die recht weitgehende Individualisirung auch dieser scheinbar einfachsten, organischen Wesen nachgewiesen werden kann."

Kohlenhydrate: Traubenzucker[1]) ($C_6 H_{12} O_6 + H_2 O$), Dextrin[2]) ($C_6 H_{10} O_5$), Milchzucker[3]) ($C_{12} H_{22} O_{11} + H_2 O$), Glycogen[4]) ($C_6 H_{12} O_6$?), Tunicin[5]) ($C_6 H_{10} O_5$), dann die Glyceride fetter Säuren — Fette und Oele? Sind dies nicht auch ternäre, stickstofffreie Verbindungen? Und die Verbindungen des Pflanzenleibes: Pflanzenalbumin[6]), Pflanzencaseïn oder Legumin[7]), Pflauzenfibrin[8]), sind sie nicht quaternäre Stickstoffverbindungen?

Auf noch schwankenderem Boden basirt aber die Behauptung, Thier- und Pflanzenkörper seien schon durch in ihnen enthaltene eigenthümliche, chemische Verbindungen scharf gekennzeichnet, der pflanzliche Organismus durch seinen Chlorophyll- und Cellulosegehalt streng unterschieden von dem Thierorganismus, der wieder durch die Verbindungen Kreatin, Cerebrin, Fibrin, Albumin, Caseïn wol charakterisirt sei. Dem halten wir einfach entgegen, dass es eine gar nicht geringe Zahl von Pflanzen gibt, die kein Chlorophyll besitzen[9]), dass eine mit dem Chlorophyllfarbstoff ganz identische Verbindung in vielen niederen Thierorganismen sich vorfinde[10]) — wir

---

[1]) Findet sich im Muskelgewebe, im Vogeleie, in der Leber, im Blute der Katzen, Hunde, Kaninchen u. s. w. (Gorup-Besancz: Physiologische Chemie. 3. Auflage. Braunschweig 1874. S. 221.)

[2]) In grosser Menge im Pferdefleische. Im Blute der Lungen.

[3]) In der Milch der Säugethiere.

[4]) In der Leber.

[5]) In den Säcken der Ascidien (Seescheiden). — Nach Berthelot wäre nämlich die Substanz des Tunicatenmantels trotz der Cellulose analoger Zusammensetzung eine andere Verbindung, die er Tunicin nennt. Nach Schäfer (Annalen der Chemie und Pharmacie. CLX) ist jedoch diese Unterscheidung der Verbindungen: Cellulose und Tunicin bei deren vollständiger Uebereinstimmung ganz ungerechtfertigt.

[6]) In den meisten Pflanzensäften.

[7]) In den Samen der Hülsefrüchte.

[8]) Im Kleber des Getreidemehls.

[9]) Von den Thallophyten sind aus der ersten Classe: Protophyten die Schizomyceten und Sacharomyces, aus der zweiten Classe: Zygosporen die Myxomyceten und Zygomyceten; aus der dritten Classe: Oosporeen die Saprolegnieen und Peranosporeen und aus der vierten Classe: Carpospireen die Ascomyceten, Accidiomyceten und Basidiomyceten chlorophyllose Pflanzen. (J. Sachs: Lehrbuch der Botanik.)

[10]) Chlorophyll findet sich ausser in Hydra viridis noch in Bonellia viridis, (Classe: Gephyrea, Sternwürmer), Vortex viridis, Merostomum viridatum (Classe: Turbellaria, Strudelwürmer), in Stentoren (Classe: Infusoria, Aufgussthierchen) vor. Oft gelangt wol der grüne Farbstoff mit genossener vegetabilischer Nahrung in den thierischen Organismus.

Die Cellulose findet sich nicht an allen Pflanzenorganismen, wol aber auch in einigen Thierformen.

erinnern nur an unseren grünen Süsswasserpolyp: Hydra viridis; dass die Cellulose durchaus nicht allen pflanzlichen Organismen zukomme — sie fehlt z. B. den oben erwähnten primordialen Zellen, den beweglichen Sporen der Thallophyten, andererseits aber auch im Thierreiche sich vorfinde*), so im Mantel der Seescheiden, im Körper der Wimperinfusorien; dass die dem Thierkörper als charakteristisch zugeschriebenen Verbindungen Kreatin, Cerebrin nur in den höchstorganisirten Thieren auftreten, den niederen Thierformen aber vollständig fehlen**), und dass endlich, wie schon an anderer Stelle erwähnt, die Stoffe: Albumin, Casëin und Fibrin in ganz gleicher Zusammensetzung auch im Pflanzenkörper sich bilden.

Albumin, Casëin und Fibrin sind auch im Pflanzenreich zu findende Verbindungen; Kreatin, Cerebrin bilden sich nur in hochorganisirten Thierkörpern.

Es lässt sich aber auch in der ganzen Lebensthätigkeit von Thier und Pflanze, was die Nahrungsaufnahme, Assimilation und Umwandlung der Nährstoffe, Entfernung im Körper unbrauchbarer Verbindungen, den Athmungsprocess u. s. w. betrifft, ebensowenig wie in der Beschaffenheit der in den Körper aufgenommenen Nahrung selbst ein allgemeiner, durchgreifender Unterscheidungsgrund entdecken, durch den die zwischen Thier- und Pflanzenwelt beliebte entschiedene Scheidung gerechtfertigt erschiene. Man hat die Processe im Pflanzenkörper vielfach falsch gedeutet, und solchen Irrungen entsprang die Vorstellung von einer von der Thätigkeit des Thieres ganz verschiedenen Lebensthätigkeit der Pflanze. Es

---

*) C. Smidt und Löwig fanden Cellulose in den Mänteln der Ascidien, Carus (nach Pagenstecher) auch in den Mänteln von Salpa africana, Stein in den Kapseln encystirter Glaukomen, Kolpoden und Wimperinfusorien. Pagenstecher meint jedoch, diese Beweise seien in Hinsicht auf die „Unbestimmtheit der Zusammensetzung nicht ganz schlagend. Es steht neben der Cellulose eine Reihe ähnlicher widerstandsfähiger, aber Stickstoff enthaltender thierischer Zellausscheidungsproducte, Chitin, Fibroin, Scrolin, Conchyolin, und es wird kaum mit Bestimmtheit gesagt werden können, der Stickstoff, welcher ein Cellulosepräparat aus einer Tunicate verunreinigte, habe durchaus nicht der Intercellularsubstanz des Mantels selbst angehört". (Allgemeine Zoologie. S. 333—334.)

**) „In den niederen, eines Nervensystems und Muskelgewebes entbehrenden Thieren", sagt Claus, „und endlich gar in der einfachen Sarcode der Rhizopoden werden wir ebensowenig wie im Parenchym der Pflanze oder in dem Protoplasma der nackten beweglichen Primordialzellen an Stoffverbindungen denken können, welche einer hoch entwickelten Organisation mit strenger gesonderten und vollkommenen animalen Verrichtungen angehören." (Grenze des thier. und pflanzl. Lebens. S. 15.)

ist ganz richtig, wenn man sagt, die Pflanze nehme in ihren Chlorophyllorganen Kohlendioxyd und Wasser auf und setze diese hochoxydirten, einfachen Stoffe durch Reduction und unter Mitwirkung des Lichtes in sauerstoffärmere Verbindungen höheren Grades um, gleichzeitig Sauerstoff ausscheidend. Aber diese durch den Assimilationsprocess in den Chlorophyllorganen gebildeten Stoffe erfahren ausserhalb dieser Organe weitere eingehende Veränderungen und Umwandlungen und dies geschieht — geradeso wie im Thierkörper — **durch den Stoffwechsel unter Aufnahme von Sauerstoff und Ausscheidung von Kohlendioxyd und Wasser.** Es wird also auch von der Pflanze — und zwar an jeder Stelle ihres Aussenkörpers — Sauerstoff aufgenommen, und ist die Stoffumwandlung im Pflanzenkörper nicht in ihrem ganzen Umfange ein Reductionsprocess, sondern theilweise auch ein Oxydationsprocess. Und wenn es richtig ist, dass die Thätigkeit der Pflanze im grossen Ganzen in der Bindung lebender Kräfte und deren Umsetzung in Spannkräfte bestehe, so findet auch das Gegentheil — **Umwechsel von fertigem Stoff in lebende Kräfte** — im Pflanzenleibe statt. Bedarf ja auch der pflanzliche, wie der thierische Körper, lebender Kräfte zur Verrichtung der mechanischen Arbeiten im Inneren des Körpers. [*] Es kann weiters nicht bestritten werden, dass die eigenthümliche Thätigkeit der Chlorophyllorgane für den Pflanzenorganismus charakteristisch sei [**]; kann man aber darin ein Kriterium der pflanzlichen Natur erblicken, wenn man weiss, dass es nicht wenige Pflanzen gibt, die, weil chlorophyllos, Chlorophyllarbeit nicht zeigen!? Oder soll es in der That als berechtigtes Unterscheidungsmerkmal zwischen Thier

---

[*] Die Wärmeentwicklung beim Keimen der Samen, die Erscheinung der Phosphorescenz (Lichtentwicklung) an wachsenden Pflanzen (Agaricus igneus, A. olearius, A. noctilucus u. a.), Temperatur-Erhöhungen (über die Aussentemperatur) an Blüthen (Victoria regia, Bignonia radicans u. a.) sind Beweise für die im Pflanzenkörper oft sehr lebhafte Umsetzung von Stoff in lebende Kraft.

[**] Ich erlaube mir diesbezüglich auf meine Schrift: „Unsere Kenntnisse von der Entstehung und dem Baue des Chlorophylls und dessen Rolle im Pflanzenleben" (Wien 1875. Alfred Hölder) zu verweisen.

Schnarotzer-
pflanzen, über-
haupt chloro-
phyllfreie Pflan-
zen nehmen
organische
Nährstoffe auf.

und Pflanze gelten, dass ersteres ausser unorganischer vorzüglich organische Nahrung aufnehme, letztere aber ganz auf unorganische Nährstoffe angewiesen sei, wenn man weiss, dass alle chlorophyllosen Pflanzen entweder auf anderen Pflanzen leben und dem Körper ihres Wirthes schon assimilirte Substanzen entnehmen oder organische Verbindungen aus dem an faulenden Pflanzen- und Thierstoffen reichen Boden beziehen!?*) Dass endlich die Pflanze anders athme als das Thier, Kohlendioxyd und Wasser aufnehme und Sauerstoff ausathme, während das Thier gerade umgekehrt Sauerstoff ein-, Kohlendioxyd und Wasser aber ausathme, ist auf die schon erwähnte Verwechslung des Assimilationsprocesses und des Stoffwechsels zurückzuführen. Die Pflanze athmet wie das Thier Sauerstoff ein, Kohlendioxyd und Wasser aus; athmet wie das Thier,

Der Athmungs-
process der
Pflanze ist von
dem des
Thieres nicht
verschieden.

um die zur inneren Bewegung nöthigen Kräfte zu gewinnen; verliert hierbei gleichfalls Stoff und erzeugt Wärme; athmet nicht nur im Dunklen, sondern auch und weit lebhafter bei Einwirkung intensiven Lichtes verbunden mit hoher Temperatur.**)

Auch in der
Thierwelt ist
geschlecht-
liche Fortpflan-
zung durch
Knospung,
Theilung zu
finden.

Eine der schwächsten und hinfälligsten Stützen der Scheidemauer zwischen Thier- und Pflanzenwelt ist aber der Hinweis auf die Art und Weise der Fortpflanzung bei Thieren und Pflanzen. Es lässt sich wol bezüglich der höheren Thier- und Pflanzenorganismen sagen, dass bei den Thieren die geschlechtliche Fortpflanzung vorherrschend und Getrenntsein der beiden Geschlechter Regel ist, bei den Pflanzen hingegen ungeschlechtliche Fortpflanzung (durch Knospung, Theilung) und Vereinigung der beiden Geschlechter überwiegt. Aber ist man schon nicht im Stande, zwischen der geschlechtlichen Fort-

---

*) Ja, nach Darwin (Insectivorous Plants. London. 1875) wären gewisse Pflanzen (so der Sonnenthau, die amerikanische Fliegenfalle) im Stande mit ihren auf die geringste Berührung hin zusammenrollenden Blättern Insecten zu fangen, diese unter Absonderung eines dem Pepsin des Magensaftes der Thiere ähnlichen Stoffes zu verdauen und dem eigenen Organismus zu assimiliren.

**) Ich verweise auf J. Sachs: „Handbuch der Experimental-Physiologie der Pflanzen. Leipzig 1865 und: „Lehrbuch der Botanik.“ 4. Auflage. Leipzig 1874.

pflanzung bei Thieren und der bei Pflanzen *) wesentliche Unterschiede zu finden, so erscheint auch die in der niederen Thierwelt sehr verbreitete ungeschlechtliche Fortpflanzungsweise der ungeschlechtlichen bei Pflanzen, weil ebenfalls durch Knospung und Theilung erfolgend, völlig analog. **)

Es erübrigt nun nur mehr, den wichtigsten ***) für die Nothwendigkeit der stricten Scheidung der Organismenwelt in Thiere und Pflanzen angeführten Grund zu entkräften und nachzuweisen, dass willkürliche Bewegung und Empfindungsvermögen, weil nicht an jedem thierischen Organismus nachweisbar und dem pflanzlichen Organismus, nicht geradehin abzusprechen, nicht als Kriterium thierischen Lebens betrachtet werden könne. Wol kann die grössere Freiheit der Bewegungen des vollkommenen Thierorganismus gegenüber irgend einem pflanzlichen Organismus nicht verneint werden. Aber aus dem Besitz dieser willkürlichen Bewegung bei hochorganisirten Thierformen auf deren Vorhandensein bei jedem Thierkörper zu schliessen, zu behaupten, jeder Organismus, der sich willkürlich und frei bewegt, ist Thier, der sich nicht bewegt, ist Pflanze, heisst zu weit gehen. Und man ist so weit gegangen! Man übersah, dass schon Aristoteles von den Polypen sagt, sie seien Thiere aber ohne Bewegung — und hielt sie für Pflanzen.

*) Bei Thieren wie Pflanzen besteht die geschlechtliche Fortpflanzung in dem Zusammentreten der weiblichen Eizellen mit den männlichen Samenkörpern.

**) „Noch weniger, als die übrigen Lebenserscheinungen", sagt E. Haeckel (Die Radiolarien. Eine Monographie. Berlin. 1862. S. 161), „sind die Vorgänge der Fortpflanzung geeignet, um als durchgreifend verschiedene Function zur Unterscheidung der Pflanzen und Thiere benutzt zu werden. Hier, wie dort, finden wir Theilung, Sprossbildung, hermaphroditische und getrennt-geschlechtliche Zeugung, Metamorphose und Generationswechsel."

***) Wenn wir in der „willkürlichen Bewegung" und dem „Empfindungs-Vermögen" das wichtigste Kriterium von den für den Thierorganismus zum Unterschiede vom Pflanzenkörper angeführten nennen, und dessen Berechtigung am Schlusse unserer Abhandlung prüfen, so will damit durchaus nicht gesagt sein, dass dieser Unterscheidungsgrund am längsten festgehalten, zuletzt fallen gelassen worden sei. Haben ja schon Gegenbaur und später Haeckel dieses Kriterium wie die übrigen fallen lassend, eine scharfe Trennung der Organismen in Pflanzen und Thiere ausschliesslich vom morphologischen Standpuncte zu rechtfertigen versucht.

Und, so unglaublich es klingen mag, es geschah, dass Peyssonel's Name, als er in einer an die kaiserliche Akademie
eingereichten Abhandlung die Thiernatur der Polypen nachzuweisen suchte, von Reaumur verschwiegen wurde, um ihm
den allgemeinen Spott zu ersparen. Als aber endlich seine
Ansicht mehrseitig unterstützt *) durchdrang, sah man sich
genöthigt, von der freien Bewegung als Merkmal thierischer
Natur abzugehen und Besitz willkürlicher Bewegung zum
Kriterium der Thiernatur zu machen, gleichzeitig den Pflanzen
die Fähigkeit der Locomotion absprechend. Da wurden mit
Beginn des 19. Jahrhunderts die beweglichen Schwärmsporen
einiger Tallophyten entdeckt und nun neue Verlegenheit. Aber
man half sich über dieselbe hinaus und erklärte einfach diese
Algensporen als Thiere. Als dies jedoch mit den Resultaten
der immer genaueren Untersuchungen nicht stimmen wollte,
bequemte man sich doch dazu, auch den Pflanzenorganismen Bewegungsfähigkeit zuzuschreiben, aber
nur mechanische, zwecklose, nicht bewusste Bewegung wie
beim Thiere. Da entdeckte man die Flimmerhaare niederer
Thierformen und hielt nun den Besitz solcher Flimmerhaare und Cilien als sicheres unterscheidendes
Merkmal niederster Thier- von einfachen Pflanzenformen. **)

---

*) Reaumur und Jussieu waren es zumal, die für Peys-
sonel's Anschauung eifrigst eintraten.

**) Wie sehr diese Ansicht Platz gegriffen hatte, beweist der
Umstand, dass Unger durch die mit Flimmercilien bekleideten Schwärm-
sporen der Vaucheria clavata verleitet die Pflanze im Momente der
Thierwerdung entdeckt zu haben glaubte. „Also Cilien an der Ober-
fläche des Körpers der schwimmenden Sporen von Vaucheria clavata,
und Flimmerbewegnug derselben die Ursache der Bewegungen diese-
Körper?! Welche seltsame Vereinigung thierischer Organe mit dem
Grundgebäude — mit der Zelle — einer Pflanze!" (F. Unger: Die
Pflanze im Momente der Thierwerdung. Wien 1843. S. 33) und: „Wir
folgern aber, dass die Keime der Vaucheria und verwandter Algen
überhaupt thierische Embryouen sind, welche sich über diese Lebens-
stufe nicht zu erheben vermögen und nach kurzer Dauer die Pflauzen-
natur wieder annehmen, aus der sie hervorgegangen." (S. 95.) Doch
ist diese Ansicht Unger's: „Die Pflanzenwelt sei die grosse Gebär-
mutter der Thierwelt" nicht neu. Schon Ocken drückte sich in dieser
Weise aus und Nees v. Esenbeck (Die Algen des süssen Wassers
nach ihren Entwicklungsstufen dargestellt. Bamberg 1814) sagt fast
ganz im Sinne Unger's, nachdem er die Infusorienentstehnng aus
Ectospermen (nach Vaucher Schleimconferven ohne Glieder, welche
Infusorien in sich erzeugen) geschildert: „Nirgends liegt wol die

Erst Siebold zeigte, dass auch an Pflanzenorganen
Wimpern und Cilien zu finden, deren Besitz also nicht als
Kriterium thierischer Natur gelten könne. Es wurde nun die
Contractilität des Thiergewebes gegenüber der
Starrheit des Pflanzengewebes als Unterscheidungsmerkmal hingestellt. Da kamen Cohn's*) Untersuchungen,
durch welche dargethan wurde, dass „Sarcode" der Thierzelle
und „Protoplasma" der Pflanzenzelle identische, contractile
Substanzen seien, man also dem Pflanzenkörper das Vermögen
der Contractilität nicht absprechen und man nur sagen könne,
die contractilen Bewegungen des Thierkörpers
seien weit reger, lebhafter als die langsameren
des Pflanzenkörpers.**) Erst Schenk wies durch

Ahndung dessen, was endliches Leben sei, näher als in der Beobachtung dieses Uebergangs und Rückgangs einer Lebensform in die
andere." (S. 41.)

    *) F. Cohn: „Zur Naturgeschichte von Protoeoeeus pluvialis."
1850.

    **) Nachdem schon durch die eingehenden Untersuchungen von
Dujardin (Annales des sciences naturelles. 1875. T. III.), Huxley
(Annals and Mag. of nat. hist. 1851), Max Schultze (Organismus
der Polythalamien. 1854), Claparède und Lachmann (Etudes sur
les infusoires et les Rhizopodes 1858—1861) hinsichtlich der Beschaffenheit und der Lebenserscheinungen der Sarcode deren Identität mit
dem Protoplasma höchst wahrscheinlich gemacht war, Cohn endlich
die vollkommne Uebereinstimmung der Sarcode mit dem Protoplasma
bestimmt ausgesprochen hatte und diese seine Ansicht an Unger
(Anatomie und Physiologie der Pflanzen. 1855), H. v. Mohl (Botanische Zeitung. 1855), Max Schultze (Ueber Cornuspira. Archiv
für Naturgeschichte 1860 und „über Muskelkörperchen und das, was
man eine Zelle zu nennen habe". Archiv für Anatomie u. Physiologie.
1861), Haeckel (Monographie der Radiolarien. Berlin 1862), warme
Vertheidiger gefunden hatte, suchte C. B. Reichert (Ueber die Bewegungserscheinungen an den Scheinfüssen der Polythalamien u. s. w.
Monatschrift der Berliner Akad. der Wissenschaften 1862) in höchst
unklarer Weise die Unrichtigkeit der von vorgenannten Forschern
getheilten Ansicht hinsichtlich der Lebenserscheinungen und der
Beschaffenheit der Sarcode zu beweisen, blieb bei dieser gegenthei-
ligen Anschauung auch in einer zweiten Schrift: „Ueber die neueren
Reformen der Zellenlehre" (Archiv von Reichert und du Bois-
Reymond 1863) und vertheidigte seine Ansichten gegenüber einer
von M. Schultze erschienenen gediegenen Arbeit (Ueber das Protoplasma der Rhizopoden und der Pflanzenzellen. Leipzig 1863), die in
eingehender Weise Reichert's Irrthum darlegte, in so wenig wissen-
schaftlicher Weise (Ueber die Körnchenbewegung an den Pseudopodien
der Polythalamien. Archiv von Reichert und du Bois-Reymond.
1863), dass ihm eine ziemlich scharfe Erwiderung von Seite Max
Schultze's zu Theil wurde. (Troschel's Archiv für Naturgeschichte.
1863. 29. Jahrgang. I. Band), was jedoch Reichert nicht hinderte

eine Reihe von Versuchen nach, dass die Contractilität thierischer und pflanzlicher Gewebe hinsichtlich grösserer und geringerer Lebhaftig-

auf seinem Standpuncte zu verharren. (Ueber die sogenannte Körnchenbewegung an den Pseudopodien der Polythalamien. Troschel's Archiv für Naturgeschichte, 30. Jahrg., I. Band, 1864 und Berlinische Nachrichten von Staats- und gelehrten Sachen. 13. November 1864). Nachdem auch Cienkowski (Ueber das Plasmodium, Jahrbuch für wissenschaftliche Botanik III.) in seinen Beobachtungen an Myxomyceten mit M. Schultze vielfach übereingestimmt und auch Kühne (Untersuchungen über das Protoplasma und dessen Contractilität. Leipzig 1864) im Wesentlichen zu gleichen Resultaten wie M. Schultze gekommen war, trat Haeckel gegen Reichert in die Schranken und bewies, nachdem er die Leichtfertigkeit der Untersuchungen desselben dargethan, die Richtigkeit der von Cohn, Schultze u. s. w. vertretenen Anschauung, dass zwischen Protoplasma und Sarcode hinsichtlich der chemischen, physikalischen und histologischen Merkmale keine Differenz bestehe. (Ueber den Sarcodekörper der Rhizopoden. Siebold & Kölliker. Zeitschrift für wissensch. Zoologie. 15. Band.) Unterdessen hatte aber Reichert in einer weiteren Schrift (Ueber die contractile Substanz Sarcode-Protoplasma und deren Bewegungserscheinungen bei den Polythalamien und einigen anderen niederen Thieren. Monatshefte d. Berliner Akademie der Wissensch. 1865 und Zeitschr. f. Anatomie u. Physiologie. 1865) seine bisherigen Ansichten wesentlich geändert und war den Schultze'schen Anschauungen weit näher gekommen, läugnete jedoch noch immer die Existenz einer Körnchenströmung, dieselbe als ein optisches Trugbild hinstellend. In einer nächsten Schrift (Ueber die contractile Substanz und ihre Bewegungserscheinungen. Schriften d. Akademie d. Wissensch. zu Berlin. 1866) führt Reichert die Körnchenströmung auf die warzenartigen Erhebungen der contractilen Substanz zurück. Dagegen zeigt wieder M. Schultze (Reichert und die Gromien Arch. f. mikr. Anat. II. Bd.) ebenfalls an Gromia conformis, dass körnerartige Bildungen thatsächlich vorhanden, dass der ganze Körper contractil sei und die Bewegung der Körner deutlich beobachtet werden könne. Reichert hält jedoch auch jetzt noch (Archiv f. Anat. und Phys. 1866) daran fest, dass die vermeintliche Körnerbewegung nur eine Contractions-Wellenbewegung sei und nicht Bewegung wirklicher Körner. Für Reichert's Anschauung sprechen die Beobachtungen von Dönitz, dass auch bei Myzomyceten der Körper aus einer contractilen Rindenschicht und einem nicht activ beweglichen Inhalte bestehe (Ueber die Bewegungserscheinungen an den Plasmodien von Aethalium septicum. Berliner Monatsberichte. 1867.) — Die Bewegung der Schwärmsporen anbelangend sagt Nägeli (Beiträge zur wissenschaftl. Botanik. Leipzig 1860. 2. Heft. S. 13): „Die Bewegung der Schwärmzellen wird gewöhnlich als äusserst lebhaft beschrieben, und es ist die Schnelligkeit, womit sie sich herumtummeln, kein geringer Grund, warum man sie als thierisch bezeichnete. Man hat dabei oft vergessen, dass man durch die Brille des Mikroskopes sieht, und dass die Schwärmzellen in Wirklichkeit viel träger sind, als sie es zu sein scheinen. Wenn wir sie mit einer 300malig linearen Vergrösserung betrachten, so erscheint uns nicht bloss die Zelle selbst 300mal grösser, sondern auch die Bewegung 300mal schneller, denn der Raum, der in einer gegebenen Zeit durchlaufen wird, ist ja unter dem Mikroskop auch 300mal länger geworden.“

keit der Bewegung alle Phasen durchmache, sehr lebendige und wieder matte Bewegung des Körpers im Pflanzenreiche wie im Thierreiche constatirt werden könne; bei mit starrer Cellulosehaut umkleideten Pflanzenzellen seien die Bewegungen wol minder lebhafte, sehr rege aber bei durch keine Wandung gehinderten primordialen Zellen.*) Sah man sich so gezwungen, den Besitz freier willkürlicher Bewegung als charakteristisches Merkmal des Thieres fallen zu lassen, so liess sich ein Vermögen des Empfindens gleichfalls nicht jedem thierischen Organismus zuschreiben. Haben wir ja vorhin einen Organismus erwähnt, an dem „Empfindungsvermögen" nicht nachweisbar; und so gibt es eine grosse Reihe niederster Thierorganismen, die auf äussere Einflüsse hin durchaus keine besondere Reizbarkeit zeigen, mindestens keine solche, wie sie nicht ebenso oder lebhafter an pflanzlichen Organismen beobachtbar wäre. „Wo ist aber hier", sagt Haeckel**), „die objectiv wahrnehmbare Grenze zwischen Empfindung und Reizbarkeit? Woraus kann man schliessen, dass der Reiz, der eine Reaction hervorruft, wirklich zum Bewusstsein gelangt? Die Annahme einer bewussten Seele erscheint bei diesen (Rhizopoden), wie bei vielen anderen niederen Thieren so willkürlich, dass

> Es gibt niederste thierische Organismen, denen willkürliche Bewegung und Empfindungsvermögen fehlen, nur ein gewisser Grad von Irritabilität und Contractilität zukommt; Irritabilität und Contractilität finden wir aber auch in der Pflanzenwelt.

---

*) Wie es in zahlreichen Fällen ganz unmöglich, die Bewegung eines Organismus „willkürlich" oder „unwillkürlich" zu nennen und in der Art der Bewegung einen triftigen Unterscheidungsgrund zwischen Thieren und Pflanzen zu finden, sucht E. Haeckel (Die Radiolarien. Eine Monographie. Berlin. 1862. S. 160) darzuthun, indem er sagt: „Die Unterscheidung der willkürlichen und unwillkürlichen Bewegung ist sicher nicht minder schwierig, als die Feststellung der Grenze zwischen Empfindung und Reizbarkeit. Abgesehen von der Frage, ob eine ganz scharfe Grenze zwischen den mit Bewusstsein verbundenen und der unbewussten Reaction gegen äussere Reize, und ebenso, ob ein fester Unterschied zwischen den dem Willen unterworfenen und den davon ganz unabhängigen Bewegungen überhaupt existirt, ist es offenbar ganz dem subjectiven Gutdünken des Beobachters anheimgegeben, diese oder jene Bewegung für willkürlich oder unwillkürlich zu halten. An und für sich ist das Hervorstrecken der zurückgezogenen Polypen aus ihren Röhren, das Entfalten ihrer Tentakelkränze, wenn das vorher bewegte Wasser ruhig wird, in der objectiven Erscheinung nicht von dem Entfalten der zusammengelegten Fiederblättchen der Mimosen oder der zusammengeklappten Blätter der Dionaea zu unterscheiden. Ebenso ist die Bewegung der Schwärmsporen vieler unzweifelhafter Algen anscheinend ebenso oder noch mehr willkürlich, als diejenige vieler Infusorien, Coelenteraten etc."

**) E. Haeckel: Die Radiolarien. S. 160.

dieses Kriterium gewiss am wenigsten von allen sich zur weiteren Benützung empfiehlt." So lässt sich an Pflanzen eine Reihe von Bewegungen beobachten, die eine ganz auffallende Irritabilität derselben verrathen. Die Tag- und Nachtstellung von Blättern und Blüthen; Krümmungen gewisser Pflanzentheile je nach Einwirkung intensiveren oder schwächeren Lichtes, höherer oder niederer Temperatur; Zusammenrollen bestimmter Pflanzenorgane auf die leiseste Berührung hin; eigenthümliche Bewegungen der Pflanze bei Einwirkung des elektrischen Stromes u. v. a. Erscheinungen sind ein Beweis für die Pflanzenorganismen innewohnende Irritabilität. *)

Sind wir aber so genöthigt zuzugeben, dass willkürliche Bewegung und Empfindungsvermögen als Kriterien hochorganisirten Lebens nicht auch den niedersten Thierformen zukommen, dass solche einfachste Organismen nur einen gewissen, höheren

*) Besonders auffallend sind diese Reizbewegungen an einer afrikanischen Orchidee (Megaclinium falcatum) und einer indischen Papilionacee (Hedysarum girans). Bei ersterer wird das Labellum durch die Krümmungen seiner Basis in eine auf- und abschaukelnde Bewegung versetzt; bei letzterer werden die mittelst dünner Stielchen an dem gemeinsamen Blattstiel befestigten Nebenblättchen durch die Bewegung dieser Stielchen in kreisförmiger Bewegung herumgeführt. — Die periodischen Bewegungen der Laubblätter treten besonders deutlich hervor, wenn man die betreffenden Pflanzen in Wasser stellt und einige Tage im Finstern belässt oder künstlich beleuchtet; man sieht dann die Blätter in ununterbrochener auf- und niedersteigender Bewegung. Bei der Tagesstellung sind die Flächen der Blätter völlig entfaltet, in der Nachtstellung zusammengeschlagen und zwar aufwärts (die Foliola von Trifolium, Vicia, Lotus u. a. m.) oder abwärts (die von Robinia, Phaseolus, Oxalis u. a. m.) oder seitwärts nach vorn und oben (die von Mimosa) oder seitwärts nach hinten (die von Theophrosia caribaca). Bei geringster Erschütterung oder leiser Berührung erfolgt lebhafte Bewegung bei Oxalis sensitiva und Mimosa pudica. Oft geht der Reiz auch auf nicht berührte Partien über. Andere Pflanzen, wie Mimosa viva, asperata, sensitiva, dormiens, humilis, Robinia psend.-Acacia, Oxalis acetosella, purpurea u. v. a. zeigen ähnliche Bewegung erst auf särkere Reize hin. — Auch Staubfäden gerathen in Bewegung; so krümmen sich die Staubfäden von Berberis emarginata, cristata, vulgaris u. a. Pflanzen bei leiser Berührung nach innen zusammen. Bei Stylidium graminifolium u. a. Arten erhebt sich das Griffelsäulchen auf die leiseste Berührung. Aehnliche Reizbarkeit äussern die Blattlappen von Dionaea muscipula, die Narbenlappen von Mimulus, die Blattborsten von Drosera u. a. (Julius Sachs: Lehrbuch der Botanik. S. 850—869.) — Die in Darwin's bereits erwähntem Werke: „Insectenfressende Pflanzen" des Ausführlichen erörterte Eigenschaft einiger Pflanzenarten von Insecten berührt, diese mit den sich zusammenziehenden Blättern zu umschliessen, bietet uns um so grösseres Interesse, als diese Reizbewegung den Anschein einer bewussten Jagd auf Beute erhält.

oder niederen Grad von Contractilität und Irritabilität zeigen und dass diese Eigenschaften der Reizbarkeit und der abwechselnden Ausdehnung und Zusammenziehung auch an Organismen des Pflanzenreiches zu finden seien, so haben wir auch die letzte Stütze der Scheidewand zwischen Thier- und Pflanzenwelt umgestürzt und diese selbst zum Falle gebracht. „Die psychischen Lebensäusserungen des Thieres vereinfachen sich, den Organisationsverhältnissen entsprechend, in allmäligen Abstufungen bis zu einem Puncte, auf dem wir zwar noch von Irritabilität, aber nicht mehr von Empfindung und Bewusstsein reden können; denselben Grad von Reizbarkeit, welchen wir an den niedersten Thieren bemerken, beobachten wir auch an einfachen Organismen vegetabilischen Charakters und wollten wir dort von Empfindung reden, so müssten wir auch hier und mit noch grösserem Rechte bei den höheren Pflanzen ein psychisches Leben anerkennen." *)

So sehr mithin die Kämpfer für die Nothwendigkeit einer schroffen Trennung der Organismen in Thiere und Pflanzen es sich angelegen sein liessen, die Richtigkeit ihrer Anschauungen durch eine Reihe scharfsinniger Beweise zu erweisen, so konnte auch nicht eines ihrer Argumente ein durchgreifendes Unterscheidungsmerkmal erbringen, das auf alle Organismen beziehbar dieselben genau und den thatsächlichen Verhältnissen entsprechend in Pflanzen und Thiere zu scheiden vermöchte, als zwei Gruppen, die durch eine tiefe Kluft von einander geschieden vermittelnder Uebergänge entbehren. Vielmehr steht es nunmehr ausser Zweifel, dass die so lange als striete Gegensätze erschienenen Begriffe „Pflanze" und „Thier" ganz und gar nicht so scharf definirbar, als man bisher geglaubt hatte. Eine scharfe strenge Grenze zwischen Thier- und Pflanzenwelt existirt nicht, wol aber sind beide Reiche durch eine grosse Zahl zwischenstehender zweifelhafter mit thierischen und pflanzlichen Merkmalen ausgestatteter Organismen einfachsten Wesens mannigfach miteinander ver-

*) C. Claus: Grenze des thier. u. pflanzl. Lebens. S. 21.

bunden.*) Deshalb verlieren jedoch die charakteristischen Merkmale thierischer und pflanzlicher Natur nichts von ihrem Werthe; wenn auch nicht für alle, so gelten sie doch für die vollkommneren Thier- und Pflanzenorganismen.**) Immer wird uns der lebhafte Unterschied zwischen hochorganisirten Thier- und Pflanzenformen vor Auge treten. Stets werden wir u. a. in der geringen Selbständigkeit und leichten Veränderlichkeit der meist membranlosen Thierzelle, in der grossen Verschiedenheit zwischen den Geweben des Thierkörpers, in der Fülle complicirter, im Innern entwickelter, vegetativer Organe, in der freieren willkürlichen Bewegung vermittelt durch eigene Locomotionsorgane und durch Empfindungsvermögen, in der geschlechtlichen Fortpflanzungsweise, endlich in der durch Oxydation und Analyse erfolgenden Umwandlung der aufgenommenen complicirten Nährstoffe in einfachere Verbindungen — höchst wichtige Merkmale sehen, die vollkommne thierische Organismen scharf unter-

---

*) Wir wollen damit durchaus nicht einem Zwischenreich das Wort geredet haben, da durch Einschiebung eines dritten Reiches zwischen Thier- und Pflanzenreich nichts erzielt würde, indem dann zwei Grenzen zu ziehen wären. Die bisherigen Versuche, ein solches Zwischenreich in die Wissenschaft einzuführen, schlugen fehl und sprachen sich Gelehrte wie Leuckart (Bericht über die Leistungen in der Naturgeschichte der niederen Thiere. Troschel's Arch. f. Nat. II. B. S. 301 — sieht „in der Anstellung eines besonderen Protistenreiches keineswegs einen wirklichen Gewinn für unsere Wissenschaft, sondern nur die (unnöthige) systematische Verkörperung der zur Genüge begründeten Annahme, dass die beiden organischen Reiche in ihren ersten Anfängen vielfache Berührungspunkte und Uebergänge darbieten . . . . .“), Claus (Lehrbuch der Zoologie. S. 12. Anmerk. — „Die Aufstellung eines Zwischenreiches für die einfachsten Lebensformen ist weder wissenschaftlich gerechtfertigt, noch aus praktischen Rücksichten erforderlich. Im Gegentheil würde die Annahme eines Protistenreiches die Schwierigkeit der Grenzbestimmung nur verdoppeln.“) u. A. mit Recht gegen die Aufstellung eines Zwischenreiches aus. Auch Haeckel, der die Einführung eines Protistenreiches zwischen Thiere und Pflanzen lebhaft anstrebte, ist nun davon abgekommen, indem er in seinem Thiersystem die „Urthiere“ als erstes Unterreich anstellt.

**) Mit Recht sagt Gegenbaur (Grundzüge der vergleichenden Anatomie. S. 26): „Aber mit dem Antritt jener Erkenntniss (von dem Zusammenhange des Pflanzen- und Thierreiches) ist ein anderer Irrthum aufgestiegen, jener nämlich, dass da, wo in der Natur keine scharfe Grenze gezogen sei, auch der urtheilende Verstand keine

scheiden von vollkommnen pflanzlichen Organismen, welche ihrerseits wieder deutlich gekennzeichnet sind durch ihre scharf begrenzten lebenskräftigen, von einer Cellulosemembran umzogenen Zellen, durch den Mangel freier, willkürlicher Bewegung, eigentlicher Bewegungsorgane und eines Empfindungsvermögens, durch das Vorherrschen ungeschlechtlicher Fortpflanzung, durch den Besitz der Chlorophyllorgane und deren charakteristischer Thätigkeit, endlich durch den Umsatz einfacher Nährstoffe in Verbindungen höheren Grades vermittelst Reduction und Synthese. Und wenn es sich darum handelt, Thier- und Pflanzennatur in Kürze zu kennzeichnen, so werden wir, immer hochorganisirte Thier- und Pflanzenformen vor Augen, in der verschiedenen Lebensthätigkeit des Thieres und der Pflanze den wichtigsten Unterscheidungsgrund erblickend*) das „Thier“ definiren als einen Organismus, der unter Einathmung von Sauerstoff die aufgenommenen complicirten Nährstoffe auf dem Wege der Oxydation und Analyse in einfachere Verbindungen zerlegt, so Spannkräfte in lebende Kräfte umsetzt; die „Pflanze“ aber als einen Organismus, der unter Sauerstoffabgabe die aufgenommenen einfachen Nährstoffe auf dem Wege der Reduction und Synthese in com-

---

schaffen dürfe und könne. Dann darf auch nicht mehr von Thieren und Pflanzen die Rede sein, denn die Anwendung dieses Begriffes involvirt doch eine bestimmte Vorstellung für denselben, und gerade bei dem Bestehen von beide Reiche mit einander verbindenden Formen wird es Aufgabe, auch eine Begriffsbestimmung zu suchen, die, eben weil jene Scheidung in der Natur nicht besteht, nur eine künstliche sein kann. Sie ist deshalb auch subjectiv, und wie sie auch in ihren Ergebnissen sich darstellen mag, ist sie richtig, sobald das bei ihr angewendete Verfahren ein richtiges war.“

*) Thiere und Pflanzen ausschliesslich durch den Hinweis auf die verschiedene Beschaffenheit ihrer Nahrung zum Zwecke der Unterscheidung charakterisirt zu halten, wie dies auch in neueren Lehrbüchern (z. B. in G. v. Hayek's: Grundriss der Zoologie für den landwirthschaftlichen Unterricht. Wien 1876) geschieht, scheint mir aus dem Grunde nicht nachahmungswerth, als dieses Merkmal, ebenso wenig durchgreifend wie andere, gewiss nicht gleicherweise angethan ist, Thiere und Pflanzen zu kennzeichnen, wie etwa die Vorgänge der Stoffumwandlung, die morphologischen Verhältnisse u. s. w.

plicirte Verbindungen, lebende Kräfte in Spannkräfte umsetzt.

Jene unvollkommensten Organismen zweifelhaften Wesens
aber, die der Ausdehnung obiger Definitionen auf sämmtliche
Thiere und Pflanzen hindernd im Wege stehen und so eine
strenge Scheidung der Organismen in Thiere und Pflanzen
unmöglich machen, gestatten uns einen Schluss auf die Entstehung der gesammten Organismenwelt, lassen uns Thiere
und Pflanzen auf einen gemeinsamen Stammbaum zurückführen.
Entstammend einem und demselben Ursprunge, von gleichem
Ausgangspuncte Anfang nehmend, haben sich Pflanzen und
Thiere im Laufe der Zeit nach zwei entgegengesetzten Richtungen weiter entwickelt und sich in ihren vollkommensten
Formen immer weiter von einander entfernt, während sie
gleich im Beginne und jetzt noch in ihren niedersten, einfachsten Gebilden sich vielfach berühren. Der grelle Gegensatz zwischen hochentwickelten Thier- und Pflanzenorganismen
deutet auf die stetige, wenn auch langsam fortschreitende
Vervollkommnung der Organismenwelt nach zwei ganz verschiedenen Richtungen; die vielfachen Analogien zwischen den
unvollkommnen thierischen und pflanzlichen Wesen verrathen
die gemeinsame Abstammung.

Druck von Wilhelm Köhler, Wien, Margarethenplatz 2.